活著的圖書館

살아있는 도서관

金李璟 著
김이경

簡郁璇 譯

目次

步入沙塵之書

從前從前有一個綠茵王國，在那擁有蓊鬱森林、沃腴土地、藍天白雲與澄淨河水流過的豐饒王國內，住著一名圖書館之王。

雖然綠茵王國的人民全是井底之蛙，但聰慧的國王可不一樣。在宛若紙張潔白的白玉與猶如墨水般漆黑的黑曜岩裝飾的圖書館內，國王堆砌出足以比擬巨人身軀的高牆，甚至在那上頭設置了鐵絲網，而這全是為了守護集結世界所有書籍、令人瞠目結舌的圖書館。圖書館是國王最為珍重的寶物與驕傲，因為即便是世界上國土最遼闊、最強盛富裕的國家，也見不到此等規模的圖書館。

國王之所以能夠擁有如此傲人的圖書館，全是託了公主的福。她的美貌，即便是綜觀所有生者與死者，也沒人能比得上。

公主十六歲那一年，國王向大家宣告，任何人都能與公主結婚。即便不是王子、不是富人、長得有些醜陋或生性愚鈍都無所謂，但唯獨一點，想與公主結婚的人，必須帶來世界上獨一無二的書籍。

為公主痴狂的人不分你我，紛紛從世界各地帶了書籍前來。其中有世界上唯有一本的書，也有僅剩下兩本的書，但不管怎麼樣，它們全是稀罕珍奇的書本。

大家懷著激動的心情，將書本獻給了圖書館之王，然而卻沒有人和公主結婚。因為就在奉上書本的那一天，大家便消失得無影無蹤，他們宛如泡沫般，不著痕跡地消失，再也見不到身影。

有一天，喜馬拉雅山上的牧童帶著《沙塵之書》出現了。聽聞有人帶著傳說中戰勝千年強風倖存下來的《沙塵之書》，國王心急地赤腳飛奔出去。牧童一鬆開金黃色的綢緞包袱，玻璃盒內裝的《沙塵之書》展露了它的面貌。

見到七彩光芒中蘊含著七大不可思議、七種心地的絕美之書，國王也不由自主地發出了讚嘆聲。

啊！

國王將手伸向玻璃箱，但牧童迅速用綢緞將玻璃盒包了起來。

「我讓你和公主成親，趕緊把書給我。」

牧童搖了搖頭。

「在這之前，我必須先見到公主。」

儘管國王勃然大怒，要牧童先將書交出來，但牧童堅持要親自見到公主，確認公主是否真如傳聞所說的美麗動人，是否令自己傾心。

雖然迄今有無數求婚者前來，卻沒有一個人親眼目睹公主的真面目，因為國王將她藏得十分隱密，不讓任何人見到。可是國王擔心牧童可能會改變心意，於是連忙喚來公主。終於，在紫羅蘭色帷幕後的公主現身了。公主對求婚者的命運心知肚明，只是無法忤逆父親的意思，就在沉浸於悲傷的公主緩緩揚起睫毛的瞬間，喜馬拉雅山的牧童對公主一見鍾情了。那要比在朝露中綻放的蓓蕾更加美麗！

不過，不是只有牧童單方面傾心而已。眉宇宛若喜馬拉雅雪山般白皙的牧童，也霎時擄獲了公主的芳心。

見到牧童無法將目光從公主身上移開，國王露出會心的笑容。

「這樣總行了吧？」

「是的！」

牧童欣然地獻上了《沙塵之書》，而國王則一如既往，準備了含毒的酒杯。儘管公主苦苦哀求，國王的心卻不為所動，反倒將公主囚禁於圖書館內。

正當公主的淚水沾濕圖書館的書籍之際，牧童與其他求婚者相同，步上了不歸路。

公主沒有哭泣，只是清澈的眼眸中蒙上了冰霜般冷冽的光芒。

那天夜晚，國王舉起喜悅的酒杯，沉浸在幸福的夢鄉時，公主在全世界最大的圖書館的頂端點燃了憤怒的火苗。不過三小時，圖書館便化作了一根龐大的火柱。

火焰吞噬了乾燥的書籍，最後向《沙塵之書》逐步逼近。火苗一碰觸到傳說之書，隨即刮起一陣強烈的風沙，沿著火柱衝向天際。風沙越過圖書館，包圍了宮殿，籠罩著整個王國。

風就這麼吹了七天七夜，散發金光的太陽、銀光的月亮都失去了蹤影，唯有黝暗無止境地延續。

最終風停之際，圖書館之王、圖書館與他的王國全都化作沙塵，只留下了寸草不生的冰磚沙灘。

陰間是座龐大的圖書館

因為長期臥病在床，我有許多時間思索關於陰間的事。但是離開被搬運至冰庫的肉身，匆匆忙忙抵達陰間時，我不禁感到驚慌失措。這和我的預想天差地遠。既沒有以炯炯有神的眼神俯瞰死者的巨人守門人，沒有張開銀光翅膀的美麗天使迎接，也沒有任何一位死去的親人映入眼簾。此時方才領悟，我對於陰間的想像有多因循守舊。不管是至高無上的神明、陰差牛頭馬面或其他鬼神，從未供奉任何神祇的我，對自己固守陰間神祇名稱所衍生的想像而感到極為羞愧。

總而言之，陰間與那一切的想像沒有半點相似之處。所以說，它是一座龐大的圖書館，有高得嚇人的細長柱廊無限延伸。沒錯，圖書館！陰間是座圖書館。擠滿牆壁的書本堆到了天花板，人們宛如甲蟲般平趴在書桌上，在有如水杉般直逼天際的梯子上頭也有人。光是用眼睛看也會感到頭暈目眩的高度上，人們忙著看書而無暇顧及其他。我吃驚得張大了嘴巴。

「哎喲！你在這幹什麼啊？」

聽見這高喊聲，我嚇了一大跳，轉頭一看，是位蓄了長髮的男子在大聲斥責我。一堆書散落在地上，好像是男子掉的。

「都是因為你擋在路中央，書才會掉了一地啊。」

「對不起，真的很抱歉！」

男子以極為不悅的臉孔輪番打量掉落的書本與我的臉。我趕緊將書撿了起來。可是很奇怪，嫩綠色的封面、恰好手能握住的大小與厚度，上頭以紅字寫著「我」的標題，書本似乎都長得一模一樣。

「真是奇怪呀，怎麼所有的書都一模一樣呢？就連書名也是……」

男子上下打量我。

「原來你剛死啊。我會替你說明，所以聽好啦。在陰間要做的只有一件事，就是寫書，寫關於自己的書，就像是一種自傳。如果寫得好，通過之後就能進入涅槃的世界，但如果無法通過，就必須一直寫到好為止。」

「那麼，這麼多的書是什麼呢？全是死者寫的自傳嗎？」

「你眼力可真快啊。沒錯，這些書是進入涅槃的人所留下的自傳，在書封上能看到姓名與生死年代。這麼一說起來，這書真可說是死者的墓碑、永遠的家與存在的證明，同時也是替剩下的人打造的參考文獻。如果不曉得究竟怎麼寫才能通過時，看看這些書會有幫助的。」

說話的男子臉孔無比暗沉，看他的穿著打扮，顯然是活在比我早三百年的年代。如此說來，他果然也將大把的歲月奉獻在寫自傳上頭，就這麼一件事上頭。

「要通過似乎很困難，究竟標準是什麼？」

男子使勁地將一綑書抱起來。

「標準是什麼不曉得，不過總會有吧，我所不知道的……。總之，只要寫完之後就會知道是否真的按本分寫好了，只有自己心知肚明。」

接著，男子就走掉了。雖然新來乍到的我無法完全揣度他的鬱悶，不過我真心期望他能成功完成自傳。當然我也沒忘了下定決心，提醒自己千萬別變成那副模樣。

現在，為了撰寫自傳，我得替自己找個座位。雖然很慎重地挑選了位置，不過後來發現這根本是徒勞無益的事。因為不管坐在哪裏，都是偌大而堅固的書桌配上鬆軟的椅子，擁有世界上所有書寫工具的筆筒，恰到好處的照明，以及如鮮少外露的肌膚般潔白的紙張。我深深地吸了口氣，提起了鉛筆。

沒過多久，我想起了長髮男子，對他產生了一股同志之愛與敬意。這麼困難的事情竟然做了數百年！要是再次見到他，我想為覺得他可憐與同情他的行為，深深地向他致歉。

我俯視著空無一字的白紙。過了一段很長的時間，我一行也寫不出來，任憑時間白白流逝。我環顧四周，斜對角的座位上有個三或四歲的小小男孩，很認真在寫著什麼。

「我的天啊，小不點！你現在在做什麼？」

在察覺自己脫口而出的吶喊之後，我不禁嚇了一跳，但小孩一臉安然冷靜地看著我。我努力地平復激動之情，說道：

「那個……我是因為像你這樣的小孩在寫字而感到吃驚。」

「嘿嘿，我也嚇了一跳。我好像是在學寫字之前就死了。可是好奇怪，只要用心去想，字就會自動寫出來了。您看，我已經寫了這麼多！」

那就像是在寫字帖上見過的工整字體。小男孩驕傲地展示寫滿了那種字體的書本，手上拿著以孔雀羽毛裝飾的長筆。

「真不簡單啊。好，繼續寫吧，趕快趕快。」

小男孩繼續埋首於自己的書本，而我趕緊拋下鉛筆，將一支有孔雀羽毛的筆握在手中。筆，是一種品味。我凝聚了一下心神，再次思索起我的人生。要從哪裏開始寫呢？打從出生開始？可是我對此沒有記憶，而且太平凡無奇又老套了。雖然不知道在別人的眼中會是如何，但於我而言是個特別的人生。不，是我希望這麼想。既然我度過了比任何人都艱辛的童年，談過椎心刺骨的愛情，經過大風大浪的青春期，好不容易在人生中嚐到和平的滋味之際，卻又患了病，長期與病痛抗戰，因此顯然是個命途多舛的人生。遲來的悔悟與憐憫湧上心頭，我不禁閉上了雙眼，一滴淚水沿著臉頰流淌而下。

然而，傷感並沒有維持太久。我感受到難以言喻的溫熱氣息，睜開了眼睛，眼前是一幅不可思議的光景。坐在對面的小男孩周圍繚繞著彷若極光的神祕氣息，接著小孩與書一同飛向了空中。

「再見！」

小孩開心地笑著，搖了搖手。小孩的書猶如花瓣一般，飛著插進了書櫃。在這一刻，被極光包圍的孩子也失去了蹤影。

那是我來到陰間之後，初次見到的涅槃者。

那天之後，我看著數不清的人完成自己的書，進入了涅槃。不久前，還見到了向我說明自傳的長髮男子終於完成了書，前往涅槃的模樣。他似乎想告訴我什麼，但因為是瞬間發生的事情，所以完全來不及。他僅是朝著我點了兩次頭。

我並不是在陰間停留最長久的人。比我早數千年來到此地的希臘哲學家蘇格拉底只是聒噪地說個不停，卻沒寫自己的書。他主張書是一種不可信的物品，根本不可能將自己的人生放進那裏頭。[1]他將導師孔子的書反覆讀了三千三百三十三次，竭盡心思對每一個字加以評論。這倒也不足為奇，學者中多的是這樣的人——讀完他人撰寫的書之後，忙著回嘴和批評，自己的文章卻碰都沒碰的傢伙。小說家們果然是陰間最具代表性的元老。名為卡夫卡的年輕作家向我告解，只要在接近結尾時，他就會因為突然襲來的不安與懷疑，使得一切化為烏有。在小說家之中，野心勃勃地說要寫出曠世巨作卻每次失敗的人也不在少數。相較之下，音樂家或藝術家的狀況算是好的，不過畢卡索這位老人家自信滿滿地開始寫作，但光是折斷的筆就有百餘支，因此無法一概而論。

我之所以會發現母親的書，是在與他們一同在書桌上東張西望的時候。我像先前的長髮男子一樣瀏覽著他人的書，在非常偶然的情況下遇見了母親的書。雖然知道有比我早過世的人所寫的書，但一下子沒想到會有出自於母親之手的書，所以我像是接觸到滾燙的熱氣般大吃一驚。但是比起讀完書之後所受的驚嚇，當時的驚嚇根本算不了什麼。書中的母親與我所認知的母親有著天壤之別，所以我一再確認書封上寫的姓名、出生與死亡年月日。

最重要的是，母親撰寫的書沒有關於我的事，也沒有關於父親的事。雖然我從來沒想像過母親的人生中沒有我，也沒有父親，可是，我感覺受到了侮辱。但比起侮辱感，更多的是羨慕。書中的母親美麗而迷人，猶如一個圓般完整無缺。儘管上頭是母親特有的斷斷續續的書寫法，但其中蘊含的內容卻是無盡地完美，讓人感受到一股愉快的飽滿感。

讀完母親的書之後，我並未再去看其他人的書。儘管父親的書也肯定在某處，但我並不想去閱讀。書中的他，大概也不是父親，而是我所不認識的某個人吧。如果再度確認此事，我又會再一次變得悲傷。雖然不可名狀的飽滿感能夠抵銷一切，但我仍不想再度品嚐那種悲傷。

而且最重要的是，我再也不需要其他人的人生、其他的書。我的人生在我手中，如今該去面對它了。我坐在書桌前方，提起了筆。

提筆之後，我輕輕撫觸油亮有光澤的書桌。如今我能不帶悔悟與憐憫，來回顧我的人生。平凡，極其平凡的人生。我這才明白，那是我對自己犯下的罪孽，同時也是對自己施予的唯一恩惠。不管人生是百年或一年，波瀾萬丈或枯燥乏味，英勇或是悲慘，全都被綑成相同厚度的書，我對此點了點頭。出生、活著、死亡，那是開始，也是結束，使一切的隱喻都黯然失色。

驀然，難以言喻的溫暖包覆住我的身體。變得好輕盈！啊啊……

---

1 古代思想家對文字與書籍抱持著懷疑的態度。畢達哥拉斯就曾經說過：「文字是殺人的東西。」刻意不書寫文章。蘇格拉底也告誡：「寫出來的文章，不過是再次讓人想起某人已知的事實罷了。」被譽為人類導師的耶穌、釋迦摩尼、孔子，也有志一同地以話語來傳道，弟子們則將其教誨紀錄為「子曰」（Magister dixit）或「如是我聞」的形式。

故事中的故事

想像的圖書館，想像之書

「過去我在各處尋找平靜，但除了書的一隅之外，任何地方都找不著。」

這是《師主篇》（Imitation of Christ）的作者托馬斯・肯皮斯（Thomas à Kempis，一三八〇～一四七一）所留下的話語，而〈陰間是座龐大的圖書館〉的靈感便是由此而來。

從書本與圖書館中尋求靈魂安息的，肯皮斯並非唯一之人。古代埃及將圖書館喚作「一座靈魂的治癒所」，法國哲學家加斯東・巴舍拉（Gaston Bachelard）也說：「天國應與圖書館相似。」

這並非只是空話而已，實際上還真有死去的書魂沉睡的書之墳。猶太教稱之為「聖物庫」（Genizah），是在會堂內埋葬壽命已盡的文件與書籍之處。在開羅，人們會爬上高梯，將書本投入聖物庫。一八九〇年，為了修理會堂，人們將門打開一看，發現裏頭竟累積了千年以來的書籍。伊斯蘭教也有相似的地方，聽說在巴基斯坦奎達附近的奇爾頓山（Mount Chiltan）洞穴區埋有約五千本穿著白色壽衣的《可蘭經》。在信徒通宵站崗的護衛之下，《可蘭經》得以安息，不受外界打擾。

圖書館不僅是心靈的安息處，同時亦是想像的泉源。過去印度的經典《吠陀》中就提及，早在造物主自行創造之前，宇宙就有一座龐大的圖書館。可名列最傑出的書本想像家的波赫士（Jorge Luis Borges），也曾在作品《巴別塔圖書館》（The Library of Babel）中想像宇宙是由「六角形閱覽室」相連、「格局恢弘」的圖書館。朱爾・凡爾納（Jules Verne）的「海底圖書館」（《海底兩萬里》）、安伯托・艾可（Umberto Eco）宛如迷宮般的修道院圖書館（《玫瑰的名字》），都是發揮文學想像的知名圖書館。

此外，還有如示巴女王的圖書館一樣成為傳說的圖書館。十七世紀末期，歐洲流傳《舊約》中示巴女王的圖書館實際存在於阿比西尼亞（現今的衣索比亞），教皇還因此下令調查此事。而據說收藏所羅門王餽贈的珍貴手抄本的圖書館內，有包括挪亞和亞伯拉罕的著作等一千零一十萬本書籍。但是二十世紀侵略阿比西尼亞的義大利軍隊發現的小型王室圖書館內，卻僅有幾本法國小說而已。對於稀奇珍本的渴望，造就了傳說中的圖書館。

除了世界上不存在的圖書館之外，也有世界上不存在的書本。英國詩人拜倫勳爵（Lord Byron）的回憶錄、卡夫卡的玩偶的來信[2]、詹姆斯・喬伊斯（James Augustine Aloysius Joyce）的《英雄史蒂芬》（Stephen Hero）等曾經存在，但卻徹底變成一堆引火柴的原稿，便是具代表性的例子。

可是，比這更引人注目的，是唯獨存於想像之中的書本。在比利時的文學演講失敗之後，法國詩人波特萊爾（Charles Pierre Baudelaire）撰寫了一本《可憐的比利時》來辱罵比利時人，而美國的口述師喬・古爾德（Joe Gould）在紐約文學界打滾二十餘年，不斷述說自己寫的一本書《口述的當代史》（The Oral History of Our Time），可是至今卻無人親眼目睹這兩本書。這是因為作家不曾實際撰寫，這些書僅存於他們的腦袋內。

有時作家會把想像之書寫得活靈活現，並從中獲得樂趣。好比說弗朗索瓦・拉伯雷（François Rabelais）的《巨人傳》（Gargantua and Pantagruel），胡果・格老秀斯（Hugo Grotius）的著作《如何在社交場合有禮貌地放屁》，以及克里斯多夫・蘭斯梅（Christoph Ransmayr）的小說《最後的世界》（Die letzte Welt）、奧維德（Ovid）撰寫的《岩石之書》。當然，我們完全找不到胡果・格老秀斯或奧維德寫出這種書的證據。

英國的小說家狄更斯就更高竿了，他甚至打造出擱放《如何讓英國國會史錄上的羊兒提振精神的方法》這類假想之書的假書架，裝飾在自家書房的門口。

不僅是書本與圖書館，就連作家也有憑空想像出來的。曾是里斯本平凡貿易公司職員的費爾南多・佩索亞（Fernando

Pessoa）就曾暗地塑造假想人物，創作出大量作品。包括由世人所知曉，會計助理費爾南多・佩索亞所著的《惶然錄》（The book of Disquiet），而艾伯特・凱爾羅（Alberto Cairo）的詩集《牧羊人》也都是佩索亞的作品。除此之外，他還創造了無數假想的作家。但叫人吃驚的是，他不單純只是虛構姓名，甚至連作家的人生都編造出來。創造無數異名同人作家的佩索亞如此說道：

「理所當然存在的事物無法吸引我，反倒是令人無法置信、不可能的事物，而且還是本質上不可能的事物，才會深深吸引我。」

想像出世界上不存在的書，以及夢想有擺設那種書本的圖書館的心情，也與此無異。受到不可能的事物吸引的人們，因為有他們的存在，世界才得以包羅萬象。

2 有一天，卡夫卡在公園遇見了一位因為弄丟玩偶而哭泣的小女孩。為了安撫孩子，卡夫卡告訴小女孩，玩偶出去旅行了，並且從那兒寄來了信件，接著連續三週每天寫一封信拿給孩子看。這件軼事是在卡夫卡離世之後，因為朵拉的緣故而為世人所知。雖然有許多人想找出這批信件，但就像卡夫卡的許多作品一樣未能流傳於世。

愛書狂的紅色圖書館

整座宅邸的周圍都被層層濃霧包圍，馬車無法輕易地加快速度。每當疲累的馬兒步伐蹣跚，馬夫擔憂會受困於泥沼之中，於是心急如焚地揮動鞭子。馬車劇烈地晃動，莫里斯感到一陣噁心，拿出手帕摀住嘴巴。這與上次完全是天差地遠。綠意漸濃的初夏，馬車在遍地野花的田野上奔馳，當時的叔叔有多從容不迫與和藹慈祥啊。確實，叔叔總是如此。他用無限的愛來照顧自小失去父母的姪子莫里斯，將過世的未婚妻的女兒視如己出，除了鄰居與親朋好友之外，對於政敵也不失其雅量與笑容。比任何人都具有威嚴、理性的叔叔，在書本面前卻頓時成了一名孩子。

莫里斯不禁漾開笑容。叔叔太熱愛

書本了。不對，或許說是崇拜更為準確？想起在書本的包圍之下笑開懷的叔叔，莫里斯不自覺地皺起了臉，胸口也隱隱作痛。

馬車停了下來，潮濕的寒氣竄進體內，莫里斯的手顫抖著，敲了敲門把。噹、噹，籠罩宅邸的寂靜開始動搖。

參加告別式的客人們一一打道回府，管家便收拾行李出來。

「我要離開了。」

他是在叔叔身旁守護三十年的管家。儘管莫里斯極力挽留，管家仍不為所動。

「請小心。」

離開之前，管家以晦暗的眼神凝視莫里斯，如此囑咐。莫里斯一言不發地轉過身。在莫里斯的記憶中，叔叔的身邊總是有管家的存在，從來不曾想過他會離開。莫里斯產生了深深的背叛感。

但是翌日，就連女僕與廚師也爭先恐後地打包了行李，這令莫里斯驀然想起管家最後說的話語。儘管莫里斯竭力想留住他們，卻起不了任何作用。即便出言嚇唬說不給他們工資，他們似乎也對金錢毫無棧戀。莫里斯百思不得其解，為何在叔叔家中如家人般相處數年的這些人，會在叔叔過世之後接二連三地離開。莫里斯甚至感到驚慌失措，認為他們是不是對自己不滿，或者不信任他。

「不是這樣的，只是……無法繼續待在這裏，僅此而已。」

面對詢問原因的莫里斯，廚師只是結結巴巴地回答，然後閉上了嘴，眼中充滿了恐懼。管家要莫里斯小心的話語在耳邊縈繞不去。這時他才心想，說不定這裏隱藏著自己不曉得的某樣事情、某種祕密。但是想法並未持續下去，因為這座宅邸太大、太過老舊，不是年輕的莫里斯所能承擔的。他深深地嘆了口氣。

晚餐出乎意料之外地美味。

所有僕人離開宅邸之後，唯一留下的只有打雜的穆爾。莫里斯對於某天突然出現並占據「紅屋」後方老舊倉庫的穆爾並不滿意，但是叔叔很喜歡他，對他與眾不同的手藝很滿意，尤其對他宛如沉默的修道士般執拗的沉默寡言有著高度評價。

「我喜歡守口如瓶的人。你也知道的，過去口不擇言的人犯下了多少罪孽。」

叔叔向對讓穆爾進入倉庫感到不高興的莫里斯說道，總是被斥責處事輕率的莫里斯也無話可說。

總之，之後過了很長一段時間，但莫里斯對穆爾的看法始終沒有改變。那過度鄭重其事，可是又似乎帶著嘲弄的態度，讓莫里斯看了很不順眼。他霧裡看花的過去也叫人不放心，但是最讓人不爽的，就是受到叔叔的信賴。任何人都不能進出紅屋，可是穆爾卻是唯一能自由出入的人，大概是因為這點的緣故吧（雖然莫里斯本人可能並不同意）。

在僕人紛紛離去，和穆爾兩人獨自留在空蕩蕩的宅邸，莫里斯很想立刻打包行李走人。但莫里斯身負重任，他必須執行叔叔的遺言，處理剩下的事情。雖然莫里斯希望穆爾能夠帶著家當離開，但穆爾卻走進了廚房。

「因為沒去買菜，沒什麼可做的。」

與其要吃穆爾所做的料理，還不如挨餓算了，但這個想法在嗅聞誘人的食物香氣的瞬間驟然消失。肉片入口即化，莫里斯擔心自己吃得太過狼吞虎嚥，但仍無法停下切肉的動作。

書房內已備好了熱茶。有別於穆爾大老粗般的外貌，他細膩的心思令莫里斯大吃一驚。雖然還不足以對叔叔的偏愛心服口服，但看待穆爾的視線中明顯出現了變化。

緊張的情緒一放鬆，這才想起了遺書。雖然已從律師口中聽到了大致的內容，但這是第一次親自閱讀叔叔的遺書。

給親愛的莫里斯，

當你閱讀這份遺書的時候，我應該也稍微適應了小巧溫馨的新家。

我擔心，這突如其來的消息，會不會對你的工作帶來不便。

其實，我的肉身早在許久之前便已一路奔向死亡。雖然醫生深表遺憾，但我擁有了一個毫無遺憾的人生，因此決定不去違抗神對我的身體所下的命令，欣然地接受這一切，並在剩餘的歲月盡心竭力地將身邊的事處理妥當。但願我的努力能取得成果，替包含你在內的親朋好友減少麻煩。

我已經將為數可觀的現金與避暑別墅捐贈給此地的教區與濟貧院，希望這項決定不會令你失望。當然，你要居住的市區房子、辦公建物、冬季別墅已經過戶到你名下，你就安心住下吧。

最後，還有一項至關重要的事情。

我想讓你繼承這座宅邸與附屬的農場。聰敏如你，應當不會不明白這句話的涵義吧？是的，我想讓你成為我的繼承者。

雖然有大把的青春耗費在戰場上，還有更長的歲月往返於國會與王宮，但你也明白，我人生中的根基並不在那兒。我始終夢想著與書共度人生，為了實現此夢想，長期費力勞心。我希望，每天一早睜開雙眼，到就寢入眠之前，都有書本在身旁。只要你試著環顧這座宅邸，就會明瞭我夙願以償。然而，夢想不總會跨越現實，不斷滋長嗎？

紅屋，不，對於圖書館的想像要追溯至四十餘年前。

我站在尼尼微揚起風沙的一座山丘上，那兒有著偉大的亞述巴尼拔王[3]收集世界所有書籍的痕跡。我望著紫羅蘭渲染的晚霞，下定了決心。我會建造出亞述巴尼拔沒能完成的「靈魂之家」，替漫長歲月以來受盡水火、灰塵與無知折磨的書本，打造最後的安息地。

很遺憾的是，我至今未能實現這份決心。雖然紅屋是我靈魂的住家，但比起亞述巴尼拔王卻是微不足道。我期望你能幫助我完成此事。你應該曉得，這件事需要徹底覺悟、熱情、奉獻與犧牲，為此，我要求你做到兩件事。

第一，往後至少一年不能離開這座宅邸，熟悉收藏於宅邸的書籍與文件，直到你能如數家珍為止。倘若一年後仍無法掌握它們的內容，那麼時間將無限期延長。

第二，想要執行第一項任務，你就必須親自打理紅屋。紅屋必須維持與現在相同的狀態，並且在你覺得胸有成竹之後，才能增加物品清單。但是，關於內部藏書、收藏品項及保管狀態，你必須至死保持沉默。

如果你無法遵守這兩項，現在立刻向穆爾表達你的意思，然後離開這個家吧。無論你做出何種選擇，我都會尊重你的意願，並祝福你的未來。但願在你剩餘的人生中，能夠盡享我在此生品嚐的喜樂。

願以書之祭司留名的叔叔

茶已經涼了，而莫里斯反覆讀著遺書，其中沒有無法理解的內容，但好像缺少什麼的感覺卻揮之不去。

在穆爾的服侍之下，莫里斯在空蕩蕩的宅邸中度過了數日。做決定並不容易。穆爾在沉默中等候，而莫里斯則日漸浮躁。

第三天晚上，莫里斯向穆爾問道：

「如果我不打理紅屋，這個地方會變成什麼模樣？這座宅邸與紅屋，甚至是農場，都會歸你所有嗎？」

「不會的，不會發生那種事。」

「那麼會歸誰所有？」

「小的也不知道，詳情必須在您下決定之後才會得知。」

「穆爾，你應該很了解叔叔，因此請你回答我，叔叔為什麼會把紅屋交給我呢？你應該比我更合適啊。」

「這自然是為了守護紅屋，免於受到世界的破壞。」

莫里斯看見穆爾的眼中浮現一抹嘲弄，接著又消失不見。那雙眼睛訴說著他自己才是叔叔

---

3 一八五〇年，考古學家亨利・雷德在尼尼微（現今伊拉克庫雲吉克）發現亞述巴尼拔王（西元前六六九～六二七在位）的圖書館，其徹底展現了支配古代東方的亞述帝國的璀璨圖書館文化。亞述巴尼拔王派遣抄寫員到帝國的各個區域，收集並抄寫古代文獻，而如此收集起來的書籍就多達五千種，泥板亦有五十萬片。

真正的繼承者，指名莫里斯不過是因為他的社會地位罷了。莫里斯的心跳加速。

「好，我就依照叔叔的旨意。」

穆爾磕頭行了禮，宛如一名宣誓效忠的年邁宦官。

那天晚上，莫里斯輾轉難眠。

雖然無法和叔叔這樣的愛書狂（bibliomania）[4]相比，不過莫里斯也很喜歡書本，從不吝惜花錢在布置書房上。因此，如果叔叔沒有將這宅邸與紅屋託付給他的話，內心一定會感到很失落。所有事情都如自己所願，莫里斯反覆地對自己說道，然而彷彿一腳踩進泥沼般，背脊發涼的感覺卻縈繞不去。

莫里斯翻來覆去，睡睡醒醒。接著在某一刻看見了茱莉。身穿水藍色洋裝的茱莉，仍是莫里斯最後一次見到她的模樣。

「噢，茱莉！」

莫里斯從床上爬起來，向茱莉走去，然而下一刻莫里斯卻在原地凍結了。黑暗中有一張宛如鉛塊般的臉孔正盯著莫里斯。

「你為什麼那樣做？」

從茱莉的口中吐出的，是令人無法置信且低沉陰森的嗓音。

「什麼？妳在說什麼？茱莉、茱莉，妳先前跑去哪了？我找妳找得多辛苦啊……」

莫里斯無法再接著說下去。

一生的摯愛，美麗動人的茱莉，他曾四處徘徊，發狂似地尋找茱莉，而她就在自己眼前。兩年前，茱莉失蹤的消息對莫里斯來說就像是晴天霹靂。雖然叔叔說她似乎是和家庭教師看對眼，一起私奔了，但莫里斯並不相信。儘管沒有正式求婚，但莫里斯相信茱莉深愛著自己，也明白自己的心意，可是她卻在一夕之間失去了蹤跡！

莫里斯花費了超過一年的時間，在國內外四處尋找茱莉。那是一趟很漫長的旅途，也是一份悠長的留戀。見到莫里斯懷抱著痛苦不堪的幻滅歸來，叔叔只是靜靜地給他一個擁抱。這時莫里斯才想到叔叔遭受未婚妻之女背叛後，心情該有多苦澀，自此之後，莫里斯絕口不提茱莉的名字。

可是那個美麗動人的茱莉、使所有人沉浸於打擊與悲嘆之中的她，卻帶著冷若冰霜的臉孔出現，指責著莫里斯。莫里斯的胸口好像快炸開來了。

4 由代表「書」的biblio與意味「瘋狂」、「癖好」的mania結合而成，通常譯為「愛書狂」、「藏書癖」。在文獻上，十八世紀英國的政治家切斯特．菲爾德伯爵（Earl of Chesterfield）寄給兒子的書信中初次使用這個詞，而在一八〇九年圖書學者迪普汀出版《愛書狂》一書後，此詞語便廣為使用。

「莫里斯，我還以為你會有所不同，所以即便變成這副模樣，我也不曾埋怨過你……但你終究與他人無異。」

「這是什麼意思！茱莉，妳過來這兒，過來和我談談。」

莫里斯跨出兩步，口中吐出呻吟般的悲鳴。皎潔的月光之下，身上血跡斑斑的茱莉站立著，除了蒼白無血色的面容之外，沒有一處不是血。莫里斯摀住自己的臉孔，無力地癱坐在地。這是一場噩夢，令人寒毛直豎的噩夢！

睜開眼睛時，茱莉消失了。家中一如往常，瀰漫一層凝重的寂寥，隨處不見茱莉的痕跡。貓頭鷹隱身在黑暗之中鳴叫，這個秋夜猶如春宵苦短。

宅邸的北側與西側有兩個書房，莫里斯先從西側的書房著手。書本從地面上滿滿堆疊至天花板的書房，就像是寸步難行的叢林。莫里斯不停調整身子的角度向前走。他先寫下書名，紀錄簡單的事項，時而出神地沉浸在書本的世界長達十小時、十二小時，甚至是一整天。他的日常是就著幾片餅乾打發一餐，趴在書桌上打盹。有時一睜開眼睛，就發現渾身是血的茱莉站在角落盯著自己。莫里斯既沒有受到驚嚇，也沒有向她搭話，只是以無以承受的眼眸凝望她。

凍結的大地融雪之際，莫里斯走出了西側書房。他一言不發，僅以眼神和穆爾打招呼，接著便彷彿死去般睡了兩天兩夜。到了第三天，又走進北側的書房，直到紫花地丁可摘採食用之時，他從書房走了出來。雖然包括叔叔的寢室在內的每個角落全是書本，但這些早已是小菜一碟。

莫里斯最後在整理記載宅邸所有圖書的讀書筆記時，穆爾捧著一本極為厚重的書本前來，那是叔叔的讀書筆記。叫人詫異的是，兩人的筆記長得一模一樣。

「我從無數次的失敗中探索，最後了解到人類一切的知識分成記憶、想像、原理這三大類。一如既往，真相總單純得令人驚慌失措。」

莫里斯看著叔叔寫於筆記首頁的題詞，露出了微笑。能憑藉自身的力量，得出與叔叔相同的結論——記憶、想像、原理的分類法[5]，令莫里斯感到很心滿意足，可是就在看到叔叔將包括四大福音在內，以及波愛修斯與湯瑪斯‧阿奎那等神學家的著作全歸類於「想像」的時候，他不禁放聲大哭。

那是莫里斯最後仍斟酌再三的部分，在達到「宗教書籍是煞有其事的文學想像」的結論後，莫里斯雖感到激動不已，但同時也心生恐懼。這是一種不容於世的大不敬。該怎麼做才

---

5 此為引用自英國哲學家培根（一五六一～一六二六）的知識分類法。培根將中世紀的羅馬七藝（文法、修辭、邏輯、算數、幾何、音樂、天文）中進一步將人類的知識分成「記憶、理性、想像」。根據認識論體系所建立的此區分法，在十九世紀後半杜威引入十進分類法之前，經常作為藏書分類的標準。

好？在反覆思量無法向任何人吐露的苦惱，最後莫里斯決定相信自己。如果棄自身於不顧，那麼世界上將無人會與他站同一陣線。可是叔叔卻抱持著相同看法！想起叔叔生前所承受的孤獨，以及一人盡享的完整喜悅，莫里斯不由得流下淚水。此時此刻，只剩下一件事。走進叔叔人生的核心，紅屋的心臟。

紅屋是一棟呈V字形的寬廣建物，就像是展讀一本書。隨著藏書量逐日增加，叔叔在宅邸旁建造了專做圖書館之用的別館。就在長型建物打造到一半時，叔叔的心境產生了變化——他決定建造出更美麗壯觀、能夠切實感受到書本肉身的建築物。叔叔又打造了一模一樣的建築，並在兩者相連的支點上打造塔狀的圓形建物。

最後，叔叔終於完成了世上極為罕見的絕妙建築物。但令人遺憾的是，看到它之後聯想到書本的人，只有和叔叔親近的寥寥數名而已。大部分的人都聯想到鳥兒的翅膀或箭頭之類的，甚至還有人想著「岔開的雙腿」而竊笑。不知是否因為這個緣故，叔叔從來不讓任何人出入那裏。

還有，從某一天開始，那個地方有了「紅屋」的稱呼。雖然可能是源自於它是用紅磚打造的圓塔，但無法得知真正的緣由是什麼。總而言之，叔叔的圖書館成了紅屋，人們則逐漸遺忘它其實是座圖書館。

這該是何等嚴重的褻瀆呀？莫里斯望著書架上井然有序的阿爾杜斯版[6]經典著作，如此想著。扣除為了整理辦公室而離開宅邸的那四天，過去七個月他不曾從宅邸，不，從紅屋離開半步。在這個前所未聞，從人類最初的泥塑書本、莎草紙卷軸和美麗的彩飾本、波斯的手抄本、古騰堡的首刷本，乃至中國皇帝的竹簡和羅馬教皇的羊皮紙共同呼吸的空間，即便是在作夢，莫里斯也無法將其拋諸腦後。

要做的事情多到數不清，有數千本書等候著被放進書櫃，還得擠出空間來放置它們棲身的書架，以及重新製作保管古書的箱子、收藏卷軸的凹槽書架。雖然穆爾也會幫忙，但他在忙於家務之餘，還要幫忙撢去書庫的灰塵、替皮書抹油、防止鼠輩和蟲類侵入、調節風雨陽光之類的事，因此也沒時間休息。雖然需要人手，但又不能讓他人進入紅屋。莫里斯請了幫忙做家事的僕人，並委託鄰近的木工廠製作書桌與箱子。多虧於此，穆爾才能全心全意打理紅屋，情況也好轉一些，不過對莫里斯而言，一天依然稍縱即逝。他的睡眠時間逐漸縮短至三小時以下，為了將一本書放進書架，他總是一連熬夜好幾天。

莫里斯埋首苦讀，在這情況下發展出一套讀書法——先是閱讀西塞羅的信件，接著打開塞巴斯丁・繆斯特的《宇宙論》；一下和薄伽丘有說有笑的，一下又翻出科貝格本的《世界編年

6 阿爾杜斯・馬努提烏斯（Aldus Manutius，一四四九～一五一五）是威尼斯的文獻學者兼出版業者，此處指其出版的書籍。阿爾杜斯修訂了包括亞里斯多德選集在內的未出版古代希臘經典，以及錯誤甚多的版本，並將它們出版，促使義大利文藝復興擴及全歐洲。此外，他研發出斜體字（Italic type），運用此製作「八絕版」小冊子，以便於隨身攜帶和保管。

史》[7]。然而隨著讀書量增加，躁動與渴望也日益擴大。雜亂無章的鬍子與頭髮遮住了原先擄獲大家的視線、令人心跳加速的好看臉孔，不曾沐浴的身體也散發出舊書的氣味。

某一天，莫里斯見到自己在鏡子中的模樣，不禁驚愕失色。在那裏頭有個束手無策的人，猶如一條蛇吞噬了自己的尾巴。他闔上了書本，癱倒在叔叔最後嚥氣的床鋪上；若是猛然睜開眼睛，就會看到過世的叔叔、渾身是血的茱莉臉上蒙上一層陰影。莫里斯再度昏厥了過去。

在精神恍恍惚惚之間，喚醒他的是刺眼的金光。就在莫里斯將唯一成功躲避西班牙征服者之毒手，以黃金書寫、黃金裝飾、黃金裝訂的瑪雅黃金書放在枕邊之際，突然精神為之一振，然後頓悟了一件事。書不是用來觀照的對象，而是需要人愛撫的對象；我們應該以手撫觸，而非用雙眼閱讀它。

回到紅屋時，莫里斯感到一陣暈眩。潮濕的苔蘚味與乾泥土味、徘徊於船艙旁的腥味與年幼娼妓私處的氣味、宛如微風四散的迷迭香芳香，令他感到飄飄然。不過，並不是只有味道而已。宛如老年人的皮膚般沙沙作響的莎草紙書讓他悲傷莫名；如同濃妝艷抹的女人般柔滑的羊皮紙書讓他興奮難抑；充分吸收墨水的中國紙書令他渾身濕透。莫里斯這才領悟，書是一具肉體。

「似乎該替老爺先前做的事收尾了。」

穆爾引領莫里斯來到紅屋的地下室。階梯又長又深，老舊的空氣察覺到人的動靜，於是受到驚嚇，揚起了一陣冷風。經過生鏽的鐵門，出現了一扇沉鈍的木門。穆爾推開門，叔叔生前最後的野心露出它的面貌。

「雖然我盡了全力，仍無法抵抗時間的力量。」

屍體的狀態正如穆爾所言。

「書呢？」

穆爾揭開布罩。那裏頭，擱置著展露白皙肌膚，等待最後一次溫柔撫觸的書本。第一頁上頭寫著「書之花園」，是《古騰堡聖經》的印刷體。一掀開書頁，伴隨著細緻描繪的人體，與作品相襯的絕美字體，逐一介紹著人類所留下的絕倫著作。

「原來是喬佛雷·托利[8]。」

---

7 紐倫堡的印刷業者科貝格（Anton Koberger）所策劃的圖書項目，規模為當代最大，又有《紐倫堡年代史》之稱。以聖經為基礎，按照年代記錄下全世界史地相關的奇特軼聞與所見所聞。由拉丁語版的主要作者哈特曼·舍德爾（Hartmann Schedel）在內的許多作者共同參與，書中收錄了阿爾布雷希特·杜勒（Albrecht Dürer）和其師長米歇爾·沃格穆特等人親手描繪的插畫和一千八百零九幅地圖。

8 法國籍的喬佛雷·托利（一四八〇？～一五三三）以印刷技術員、裝幀家、鉛字設計師、插圖家、作家與詩人的身分揚名，同時也是表現相當活躍的教師、評論家與改革家。他利用一五二九年親自研發的鉛字，撰寫了《花園（Champfleury）》一書，將字母等加以整頓，將文字的形貌拿來與人體的型態相比較並加以說明。此書不僅在印刷文化史上占有重要地位，也是文字學上最重要的文獻之一。

莫里斯點了點頭。不管是書名使用古騰堡的印刷體、引用舉世無雙的製書者的著作，確實都很符合書之祭司的風格。莫里斯一頁翻過一頁，指尖所接觸到的書的質感溫暖而柔滑。

「是Vellum，嗎？」

穆爾沒有說話，只是露出了笑容。莫里斯再次逐一檢視，每一頁的色澤都有些許不同，雖然很不明顯，但能得知它們各自散發出不同的氣味。然後在某一刻，莫里斯剎時屏息凝氣。是茱莉。彷彿從未接受陽光洗禮的白皙，飄散淺淺的薰衣草香，完完全全就是她。匡隆，外頭響起了雷聲，預告強勁風雨的到來。

經過了許久，莫里斯打破了沉默。

「我能喝杯茶嗎？」

「有紅酒。」

莫里斯手舉著殷紅色的葡萄酒杯，望著安息的叔叔。穆爾開口說道：

「這不是事先計畫好的，是小姐偷偷來到這兒……所以也別無他法。老爺的健康狀態也是從那時開始惡化的。」

「其他人呢？」

「起初濟貧院會送屍體過來，雖然有時也會使用葬於教區墓地無親無故者的屍體，但事情反倒變得更複雜棘手了，因此中斷了這件事。也曾經有過在農場工作的農夫或僕人的家人過世之後，替他們辦完葬禮後下手的狀況……」

「是由叔叔親自抄寫嗎？」

「不，當然請來了手藝好的抄寫員。雖然向對方說明是Vellum，但時間久了之後，對方起了疑心……總之他也對這本書的完成付出了貢獻。」

穆爾揚起嘴角笑了。莫里斯一口氣灌下了葡萄酒，胸口一陣燒燙。絕不可能發生的事發生了，可是莫里斯卻平心靜氣地叫人吃驚。或許打從初次見到茱莉靈魂的那天開始，他就已經預想到這件事。叔叔的面容看起來很安詳。剩下的是封面。褪下皮之後，用浮石搓揉，再以木板包覆，最後用象牙板裝飾的漫長工程，穆爾會自行處理。

「老爺囑咐過，完成後就將它刻上去。」

穆爾取出的紙張上寫著「書本將賦予你無盡的榮光」，是讓・格羅列[10]。莫里斯心想，雖然

9 Vellum，以小牛皮或小羊皮製作的高級紙張。

10 讓・格羅列（Jean Grolier，一四七九～一五六五）是曾經擔任法國政府財務官的知名愛書者。他為威尼斯的出版人阿爾杜斯・馬努提烏斯提供物質與精神上的援助，而在阿爾杜斯的印刷廠進行校對工作的伊拉斯謨（Desiderius Erasmus）對此大受感動，於是讚揚：「書本將賦予你無盡的榮光。」為書本加上書名，把書插於書架上，讓人可以看到書背的做法，也是源自格羅列的創意。他那在摩洛哥皮革上加上金箔裝飾的美麗藏書，被稱為「格羅列式裝幀」，展現了當代裝幀藝術的優點。在超越三千本的藏書中，大約有四百本流傳至今。

並不是獨創的，但站在叔叔的立場上確實是值得垂涎的獻身。穆爾的眼眸之中閃爍著熱氣，莫里斯有好一段時間都不敢和他對上眼。

「要怎麼做呢？」

語調聽起來很生硬。這是一件瘋狂的事，可是他並沒有說不。莫里斯靜靜地點了點頭。

一切都結束了。莫里斯輕撫著紫斑猶如條紋般擴散的封面，指尖能感覺到粗糙卻緊實的質感。鑲上金箔的字體閃閃發亮，書很美。

穆爾注視著莫里斯，沉浸於一股愉悅的疲勞感之中。莫里斯的臉孔看起來是如此熟悉，在紅屋時，耽溺於書本世界的老爺臉上也經常出現那種表情。往後還有好多事情要做呢。穆爾莞爾一笑，離開了房間。宛如墓碑般排列的書本之中，赤色的夕陽西沉了。

故事中的故事

裝訂與人皮裝幀

在古代西歐社會，書的主要材料為莎草紙。莎草紙的製作，是先讓葉子的尾端互相貼合後上膠，在木棍上晾乾，製成卷軸，被稱為volimen。而代表一本書的單字volume，便是源自於此。

和莎草紙共同主導書文化的另一材料是羊皮紙。據說托勒密王朝為了將亞歷山大圖書館打造為世界上首屈一指的圖書館，於是中斷了向競爭者帕加馬王國供給莎草紙，帕加馬因此開發出羊皮紙並加以發揚光大。後來，因為羊皮紙要比莎草紙更為堅固實用，因此受到了矚目。起初羊皮紙也同樣被製作成卷軸，但後來發展出抄本（codex）的形式，將羊皮紙加以折疊後所製作的抄本，在使用和保管上比卷軸更為便利，也變得相當普及。

羊皮紙書一般是用牛筋來縫合羊皮紙片，再用木板做成封面裝訂。中世紀初期是利用繩線將木板加以銜接，再用鉚釘固定，接著在木板上方加上金屬和皮革裝飾，好比說有許多是掛上金屬鎖或用金屬裝飾邊角。想當然，書的重量肯定很沉，不過此時人們通常不會將書本放入書架，而是擱於樂譜架或書桌上，有人負責朗讀，因此鮮少攜帶書籍走動。

從紙張與印刷術發展的中世紀後期開始，裝訂方式也有了改變。人們以麻繩代替牛筋來縫訂書本，木板封面則由數層紙張黏在一塊所製成的硬紙所取代；硬紙封面以小牛皮或山羊皮包覆，將有紋樣的金屬工具燒熱之後印上的方式（燙印，blind tooling）變得普遍。而十五世紀也如同今日，會在封面上印刷能得知書本內容的書名、印刷者姓名、出版年度等資訊；在皮革封面塗上薄金粉的燙金技術（gold tooling）也從伊斯蘭世界傳入，蔚為流行。另外，在皮革貼上印有書名與作者姓名的金箔的技術，也是在此時發展出來的，反映出當時將書放在書櫃上的藏書習慣。

中世紀時，為了突顯貴族或高級神職人員的身分，很流行寶石和刺繡等有華麗裝飾的藝術裝幀。但隨著十八世紀平民革命爆發，通俗易懂的出版物增長得比藝術書籍更快，也出現了使用布料和紙張的簡單封面。進入十九世紀之後，機器裝訂登場，在書本的大量生產與流通上扮演了至關重要的角色。雖然當時的潮流強調書本的用途大於設計，但另一方面，藝術書籍的製作又承襲了中世紀彩飾手抄本的傳統。舉例來說，威廉・莫里斯等人的私人書籍工坊，在十九世紀的英國便十分流行。

另一方面，在中國與韓國等國家，紙本書很早就登場，因此用線縫訂的線裝技術十分發達。線裝位置位於封面的右側，日本與中國是縫四針，韓國則是縫五針。韓國還有一種折帖本，是將寫有內文的寬大紙張的長與寬各折一次以上，使版型最小化，主要是使用於地圖集等上頭。這種裝訂方式，也是在他國無法見到的獨特型態。除此之外，還有以屏風銜接的琁風裝與宛如樹葉般各自分開的葉裝本等多元製書方法，在在展現了書之美。

最後，我們就來了解一下此篇小說中登場的人皮書歷史吧。人皮的裝幀歷史比想像中更為淵遠流長，根據紀錄，十三世紀時便曾將人皮用於聖經與教皇的詔書上。尤其是十六世紀之後，在法國革命的前後很流行人皮裝訂書。

人皮封面大量活用於哲學、醫學、地理書籍等，來源主要為奴隸、死刑犯和戰爭俘虜等。此外，還有狂熱的愛書者留下要求使用自己皮膚的遺言，例如法國天文學家卡米伊・弗拉馬利翁（Camille Flammarion）便依循妻子——伯爵夫人的遺言，將她美麗動人的肩胛皮膚裝飾於自己的書上。還有過殺人案件的審判紀錄是用犯人的人皮裝訂的事情，二〇〇七年十一月二十八日，英國拍賣會上亨利・珍妮特（Henry Janet）的書便是一例。身為神職人員的亨利・珍妮特因涉嫌暗殺國王詹姆士一世而判處死刑，一六〇六年，寫有其殺人陰謀的書本，便是以他的皮膚裝訂後所發行。

這些人皮書保管於美國、法國、英國等地的圖書館，據說韓國的首爾大學中央圖書館也有人皮封面書。經ＤＮＡ分析結果，十七世紀時在荷蘭發現的這本中國地理書籍是人皮的可能性極高，也因此蔚為話題。

尚洞夜話

那是發生在朝鮮英祖時代的事。

昭義門（譯註：位於首爾西南側的門）外的山麓上發現了上吊身亡的屍體。村民去撿枯枝時，發現了吊在枯零柿樹上的屍體，於是告知了漢城府（譯註：朝鮮時代負責首爾行政、司法的官衙）。正七品參軍朴周文來到現場，看見一名年輕男子赤身掛在樹上，死狀極為悽慘。

喚來了件作人[11]，將屍體放下來察看，從其面容可看出斷氣沒有多久，且身軀與生前無太大差異，但令人吃驚的是，從悲慘死去的屍體上仍可看出其相

11 官員驗屍時，負責撿屍拼湊、從旁協助的下人。

貌堂堂，也因此格外令人沉痛惋惜。

「真是玉樹臨風啊！」

朴周文不禁嘆息，不一會兒打起了精神，開始驗屍。約莫二十二歲的男子，脖子上為白色帶子所勒緊，頸脖上有瘀黑暗紅的傷口，眼睛半睜開，緊閉的口中銜著紙團。

在西部官員中以嚴謹出了名的朴周文，立即以在皂角水[12]洗過的銀簪來檢測紙團與屍體的口腔，但並沒有任何遭人毒殺的跡象。雖是赤身裸體，但屍體的周遭沒有可疑的痕跡，很顯然是自殺。

「是自縊死。」

結束一天疲累的工作，在打算退衙之際卻被喚來的仵作人暗地催促朴周文。漢城府的他殺事故層出不窮，各種模樣的屍體朴周文都見識過，即便是在他看來，這也分明是自殺無誤。

但是赤身裸體死去以及口中的紙團卻教人怎樣也放心不下。朴參軍延遲提筆寫檢驗報告的時間，等候大夫的到來。不僅是先前因為檢驗出錯而身敗名裂的案例屢見不鮮，同時也是基於自己的信念——不能再讓不幸死去的靈魂增添冤屈。但對於急性子的仵作人來說，這不過是小心謹慎的官員想要保身的手段罷了。

不管怎麼樣，在大夫抵達並察看屍體狀況之前，朴周文探訪了所有的村民。最先發現屍體的是住在山下的老太太，向西部官衙報案的是她的孫子。目睹這生平初次見到的慘狀後，兩人彷彿三魂掉了二魂，手腳慌亂。朴周文將兩人口齒不清的反覆說詞加以拼湊，好不容易將整個來龍去脈記錄下來，接著探訪了其他村民——話雖如此，但也就是平常鮮少往來的三四位老人家和幾名幼童。可是無論他如何追問，死者來歷依舊是一團迷霧，也沒有值得疑心之處。在朴周文收集資料並徹底掌握情況之際，大夫同樣也完成了驗屍程序。

「必定是自縊死。」

「會不會是因為紙團才窒息的？」

「雖然我也想過這種可能，但人不可能因為那點大小的紙團窒息，而且紙張上有明顯的齒印，大概是因為不想讓人看到自縊時的慘狀吧。只是鼠蹊處腫脹的部分有些可疑，但兩側外腎完好無缺，腫脹的程度也不嚴重，因此很難視為死因。」

聽完大夫的話之後，朴周文心想果然是如此，依此寫下死因，最後確認了口中拿出的紙團。他小心翼翼地打開沾上死者唾液的紙張，看到上頭寫著工整端正的字體，依其外觀以及荏胡麻油略為滲透紙張的模樣看來，分明是從手抄本上撕下來的一頁。

「王公時而威脅，時而哀求，不分晝夜地糾纏。最終迫不得已，汝不再怨天尤人，在不知不

12 熬煮皂角樹枝所泡製出來的水。朝鮮時期，若懷疑是毒殺時，便會用皂角水將銀簪擦拭乾淨，並以銀簪的色澤變化作為判斷毒殺與否的依據。

覺中鬆開髮髻，高聲吟唱……嗯，原來是稗官野史。」

對於稗官野史是個門外漢的朴周文無法得知這是哪本書的段落，因此先將它記在腦袋裏，接著將調查資料整理成報告，向上呈報為自縊死，而判官也點了點頭，加以讚揚。事情似乎告了一段落。

該月陰曆月底那天的寅時，在昭義門前往七牌的市集街上發現了橫死的屍體。朴參軍前往一看，發現屍體似乎是在酩酊大醉的狀態下跌倒，後腦勺撞上了石頭，靠著突出的石頭，躺在地上死去。可是，充滿酒氣的那張臉孔似乎並不陌生。朴周文靜靜地注視著他，接著大吃一驚，叫了起來。

「這不是當時那個孫子嗎？」

這分明是十餘日前，在昭義門外報案說有人自縊死的老太太的孫子。晚秋凌晨時分的冷風呼呼地吹了起來，朴周文不禁瑟瑟發抖。不一會兒，在開始驗屍時便發現了可疑之處。就算衣服上沾滿泥沙好了，但死者的手指上有零星的瘀血，右手中指與無名指也脫了一層皮，很顯然是和他人拉扯所造成的。此外，脫掉死者衣服之後，又發現了鮮明的瘀青傷口，彷彿有人猛踢他的胸口一樣。

「這是偽裝成意外的他殺！」

在附近打聽消息的同時，朴周文的面色也越來越凝重。孫子的名字是高石峰，有許多市場商人認識他。

「他原本是在麻浦揹背架搬運東西的，後來當了生意人，不過話說好聽點是生意人，說穿了就是個在賭場探頭探腦的無賴之輩。」

「動不動就喝酒找人麻煩，叫別人交出錢來，是個令人頭疼的問題人物。」

「不久前啊，他突然冒了出來，說要結清之前賒帳的飯錢與酒錢，我還真嚇了一跳呢。只見他手中抱著錦衣，也不知道是誰穿過的。雖然最後他又拿這當藉口，喝了一堆酒。」

陳述的人全部口徑一致，說高石峰惡名昭彰，死了也不足掛齒。朴周文想起生前站在吊死者前驚慌失措的高石峰，心中百感交集。俗話說「觀其表而知其裏」，可是在他看來生前只是個呆頭呆腦的小伙子，不過十多天就變成了天底下惡名在外的不良之輩，還成了一具屍體，難道自己就這麼沒有看人的眼光嗎？朴周文不禁為自己的鑑別力感到羞愧。

朴周文莫名地感到氣憤，因此有別於他往常的作風，性急地脅迫酒家老闆娘將高石峰用來還債的衣物拿出來。雖然因為一早沒能做成生意，酒家老闆娘哭喪著一張臉，但迫於官員的威勢，也只能莫可奈何地從房間中拿出裝衣物的包袱。一解開包袱，看到裡頭有一套澄黃上衣與紅裙、一套淡艾草色的衣裙、一套青色寢衣與一根玉簪。老闆娘說是錦衣，可是裏面內容物卻不同，真正有蠶絲的就只有一套睡衣，衣裙僅是常見的棉布所製成的，而且衣裙邊緣已經髒了，所以很顯然是有人穿過的。

「這是從什麼時候開始變成這樣的？是妳先前穿過的嗎？」

朴周文提著有一邊衣帶斷裂不見的艾草色上衣，問道。

「哎喲，誰穿過啦？打從一開始就是這樣了。那個該死的傢伙起初就說它是衣服，猛往自己臉上貼金，您怎麼說是我的呢？」

酒家老闆娘擔心又會惹什麼禍上身，所以拼命地替自己辯解。瞬間朴周文的臉色鐵青，這時他才發現，原來前些日子那名死者用來自縊的白色帶子是出自哪裏。

「這必須帶回去當證物。」

酒家老闆娘不滿地抱怨說天底下哪有這種道理，但見到參軍不尋常的臉色，於是乖乖閉上了嘴巴。驗屍比其他時候多花上了兩、三倍的時間，最後好不容易結束了。可是朴周文費盡了千辛萬苦，卻一點收穫也沒有。幾天後，從四品（譯註：高麗時代的官階分成十八品，從四品為第八個等級。）庶伊黃清守那兒傳來了執行複檢的消息，因為朴周文的報告書有許多疑點，因此不可避免地必須再次進行調查。

不久之後，黃清文完成檢驗，傳喚了朴周文，並詢問驗屍的原委。

「明明是在酩酊大醉之後，頭部撞上石頭而死，但你怎麼說是他殺？」

「雖然撞上了石頭，但後腦勺沒有裂開，且胸部有瘀青，全身處處有泥沙，加上有不少處小傷口，很顯然是和他人拉扯之後，撞到命門骨[13]才當場死亡的。」

「你這是只知其一，不知其二啊。雖然撞上了後腦勺，可是並不是只有外傷。外觀上雖然完好無缺，但傷到骨頭而當場死亡的情況比比皆是，從高石峰口中流出的血即是證據。」

「可是……」

黃清守揚起了眼角。

「你難道還不懂嗎？空有膚淺的見解，卻有滿腹的疑心，只會將事情鬧大。再說了，你平白無故地把與事故無關的商人衣物沒收，引起不必要的民怨，此罪最為深重。不過，念在你過去有功，這次我就不興師問罪了，就此了事。你一定要將此事當成警惕，謹記在心。」

朴周文雖想再抗辯，但身旁的判官阻撓了他。

「你再說下去也只會招人怨。既然事件已經告一段落，就把它拋到一旁吧。」

「可是初檢與複檢結果截然不同，刑曹（譯註：高麗時期的六曹之一，掌管法律、訴訟、刑獄、勞役等事務。）不是應該進行三檢嗎？」

「呵呵，你這人就只懂得看屍體，對於人情世故卻是一竅不通啊。黃清守那人可是刑曹判書

13 心窩下方的胸骨。朝鮮時代用來作為驗屍教科書的法醫書籍《無冤錄》中曾記載，此為徒手打之後會當場死亡的致命穴位。尤其因此處受到撞擊而死的屍體，表面不太會出現痕跡，因此增加了驗屍的困難度。

的女婿呢，誰敢懷疑檢驗結果啊？既然搞懂了這來龍去脈，就趕緊把衣物還給人家吧，免得以後又平白受罪。」

朴周文垂頭喪氣地走出了官衙。這情況擺明了就很可疑，可是卻沒人說個清楚明白，讓他感到滿腔的鬱悶。

是啊，起初就是我做錯了。我竟將赤身裸體死去的屍體說成自殺，天底下哪有這種笨蛋呢？如果當時能夠將記錄容貌特徵的紀錄拿給更多人看，揭開他的身分的話，不，如果我察覺到高石峰反覆卻空洞的說詞有奇怪之處的話……啊，都怪我一時不察。

朴周文沉浸在自己的思緒中，走了好一陣子，不知不覺地來到高石峰的家。雖說是住家，但只是將腐朽的樹枝拿來充當屋頂，胡亂纏在一塊的窩棚罷了。但朴周文還是基於禮儀，在家門前出聲呼喚奶奶，可是裏頭卻一點動靜也沒有。

打開房門一看，屋內彷彿失去熱氣許久，寒氣滲透進整間房子。家當呢？雖然一個一覽無遺的櫃子和一床棉被就是全部了，但看到它們原封不動地留在原位，所以應該不是搬家了。朴周文察看廚房後，發現米缸還有一半左右的米。原本晚餐只要能吃上穇子粥就該竊喜的老太太家中怎麼會有米呢？朴周文猛然瞪大了眼睛。此時背後突然聽到了聲響，於是他急忙地到外頭察看周圍。看到遠處有個人正在逃跑，他連忙追了上去，可是令人意外的是，抓到的卻是個比丘尼。年邁的女僧嚇得面容發白，一副不知所措的樣子。看到她這副模樣，朴參軍頓時起了疑心。

「妳為什麼在這兒探頭探腦的？」

「貧……貧尼只是剛好路過而已。」

「竟敢說謊？這家的奶奶銷聲匿跡的事，分明是妳所為。」

「哎喲，不是的，貧尼並不知情。貧尼只是聽說奶奶的孫子死了，所以才心生好奇，想過來看看事情怎麼樣了。奶奶怎麼不見了？貧尼當真是一點也不知情。」

女僧雖然全身打著哆嗦替自己辯解，但受驚嚇的程度簡直就像是見了鬼似的，極為可疑。

「我得去看看妳的住處。」

朴周文直覺這名女僧與事件有所牽連，於是帶著此念頭前往女僧的居處。令人意外的是，女僧居住的庵堂就位於男子上吊的樹木的那座山上，兩處僅差距二十來步。先前探訪四周時，他只顧著在山下的村莊打轉，卻忘了要留意上方，朴周文再次對自己感到心寒。雖然這只是個僅有祈禱處和住房的簡樸庵堂，但處境似乎並不算太糟，周圍環境很整齊清潔，一點也不寒酸。

「大家都說這裏很靈驗，所以貧尼並沒有挨餓。」

女僧得意洋洋地回答。雖然孔孟的訓誡成為國本已有三百餘年，但至今仍有人打著佛祖與牛鬼蛇神的名號造謠惑眾，對此朴周文深深地嘆了一口氣。然而現在不是計較這件事的時候，所以朴周文在房間內坐了下來，認真地向女僧追究整件事。或許是曉得苗頭不對，女僧也老實地將先前發生的事情娓娓道來。

「實不相瞞，上次上吊之人是貧尼一直帶在身邊的孩子，名字是末福，年紀大概剛過二十歲，但實際的年齡是幾歲，貧尼也不清楚。從兩年前，這孩子便和貧尼一塊住。當時貧尼在仁王山上結束三七祈禱（譯註：源自於桓檀時代，三七修行乃是因為人有三魂七魄，經過二十一日的祈禱之後，會帶來身體健康、心靈明淨、恢復自信等效用。），在回來的路上發現奄奄一息的末福，所以便領了回來。大約過了一個月，末福的身體也痊癒了。貧尼雖已是一把年紀，但畢竟男女有別，所以就告訴他廟裏不能有男子，要他離開。但是末福拼命地哀求我，還說就算要他剃頭、割去陽具都無所謂，只要能讓他留下來。他似乎有什麼難言之隱，但不管貧尼怎麼問，他也不肯回答，只說自己從小便成了奴僕，吃盡各種苦頭，與其那樣繼續活下去，還不如死了算了。年紀輕輕的一個人，究竟是走了多少險路，才會苦苦哀求說要當和尚啊？最後貧尼只好點頭答應。

但是帶著他生活也不是件易事。如果讓他當和尚，就必須送到其他廟裏；要是讓他當寺廟伙夫，在這個只有貧尼一人的庵堂也不妥當。就在貧尼大傷腦筋之際，這時末福率先提議說要擔任廟裏的菩薩，起初貧尼說這也不免太過荒唐，但最後仍拗不過末福，只好讓他盤頭插簪、穿上衣裙。見他那清秀的模樣、高雅的舉止，活脫脫就是一名窈窕淑女。從那天開始，貧尼就把他當成菩薩，讓他待在廟裏，祈禱時就讓他出來幫忙。在不知不覺中，末福將念佛內容與解說全背下來了，就算代替貧尼禱告，也沒人會起疑心。

就這麼過了兩年，貧尼也徹底忘了未福原先是男子的事，把他當成自己收養的女兒般對待，日子過得自在愜意，自然也想像不到他會突然上吊自殺。直至未福離世之後，我才捶著胸口想著，在假扮成一名丫頭時，原是男兒身的未福內心會做何感想。這一切都是因為貧尼愚昧，只看他表面笑，卻不明白他內心的苦。」

「那麼，死去的高石峰又是怎麼回事？妳可別想要有所隱瞞。」

「哎呀，請大人千萬別這麼說。高石峰這個傢伙就是個無惡不作的壞蛋。他以為未福是個丫頭，不停死纏爛打，還在貧尼面前撒野耍無賴。未福離世之後，他威脅貧尼說要揭開事實真相，把供奉的祭物、齋室的銅碗到未福穿過的衣物全都搜刮走了。雖然他不幸悲慘死去，但想到他生前犯下的罪孽，這下場也是罪有應得。」

「那家的奶奶妳也認識嗎？」

「是的，她和孫子是一個鼻孔出氣，三番兩次跑來折磨貧尼。因為她原本就是個口不嚴實的人，所以消息傳遍街坊鄰舍也是遲早的事。可是孫子出事之後，她成天魂不守舍地走動，最後還突然失去了蹤影。雖然這對貧尼來說是件好事，不過因為連續發生了事故，所以貧尼也有些擔憂……貧尼深怕有個萬一，才會找上門的。」

聽了這原委之後，整件事才有了頭緒。高石峰給酒家老闆娘的衣物是死去未福的物品，而未福撕下了自己的衣帶上吊。同時，因為隱瞞了未福是男子的事實，所以女僧未出面說自己認識他的事情，倒也不算是什麼滔天大罪。

即便如此，朴周文走出庵堂之後，腳步卻是無比沉重。既然已經得知死去男子的身分，也知道了其中的曲折緣由，也不是一無所獲，但他的內心仍像是有塊石頭壓著般，感到很不舒坦。

端出晚餐的妻子見到朴周文臉色凝重，於是問道：

「見相公食不下嚥，是不是有什麼煩惱呢？」

「沒什麼事。只是我偶然讀到了稗官野史的一小段落，但無法得知上下文，所以難以釋懷罷了。」

「妾身很喜歡讀稗官野史，一般的故事大抵都曉得。請將記得的字句告訴妾身吧。」

朴周文帶著姑且一問的想法，背出了先前的字句，只見妻子的臉色一沉，迫不得已地回答：

「既然相公開口問了，妾身就把自己知道的說出來，只是擔憂會不會因此挨相公一頓罵。那是名為《奇緣》的稗官野史中的一部分。妾身在許久前偶然在租書店見到，但內容怪異而齷齪，隨即就還回去了。接著不久之後，聽說國家為了避免下流低級的字句流傳於世，下令禁止所有閱讀寫作之事。妾身不曉得那是禁書，所以稍微瞅了一眼，不過馬上就歸還了，還請相公別太責怪妾身。」

聽見這番話之後，朴周文想起數年前漢城府與刑曹管制稗官野史的事鬧得沸沸揚揚，突然對內容好奇了起來。

「到底是什麼樣的內容，還得動用國法來禁止呢？」

見妻子吞吞吐吐、猶豫再三，朴周文忍不住催促。

「閱讀稗官野史的風氣雖不該助長，不過妳只是在處理家務事之餘追求一點生活小樂趣罷了，我又有什麼好挑毛病的呢？別躊躇了，告訴我吧。」

「那妾身就簡單地說一下內容好了。過去在蜀州住著一名叫做王功的達官顯貴，他的青梅竹馬在臨終前將年幼的兒子餘託付給他，自此王功便撫養了餘。隨著歲月流逝，餘的容貌如玉石般逐漸散發光芒，不分男女皆為之著迷，最後就連餘喚他為爹的王功都被那美貌所蒙蔽。心生歹念的王功強制要了餘，並暗地滿足自己的欲望長達三年之久。恰好王功的女兒嘉熙思慕餘多年，向餘表白了自己的心意，而餘則一心帶著報仇的想法和嘉熙成了親。就在享受雲雨之歡以後，餘將王功大逆不道的行為告訴嘉熙，結果六神無主的嘉熙殺死了父親，同時也朝自己的脖子刺了一刀身亡。直到嘉熙死了之後，餘才領悟到自己也對她懷有情意，於是做了一首相思曲，並在吟唱完畢之後自盡。」

朴周文沉醉於故事之中，完全沒意識到故事已經結束，看到妻子急忙擦拭眼淚，這才猛然回神。

「這文章是誰寫的？」

「妾身也不曉得。雖然上頭寫著名字，但反正是筆名，也沒必要知道。」

妻子彷彿生氣般漲紅了臉，似乎是因為自己為稗官野史所著迷而感到羞愧，於是朴周文也沒有再多說什麼。

翌日，朴周文到官廳去詢問關於《奇緣》的事，同僚的說法與妻子沒有太大出入。只是，當他問起作者的姓名時，對方要不是臉紅，不然就是笑嘻嘻地迴避問題。朴周文因為想知道更詳細的來龍去脈，所以逐一探訪了租書店，從社稷洞跑到幸洞，又從幸洞行經松橋，最後來到甲洞。但只要他一說起《奇緣》二字，所有人就會嚇得連忙站起身。

垂頭喪氣的朴周文最後來到位於尚洞轉角處的老舊租書店，身上佈滿老人斑的老人正在打盹，看到他之後，喜上眉梢地前來迎客。老人家似乎許久沒和人交談了，他的嘴巴散發出一股酸氣，自顧自地說了起來，但朴周文悄悄說出「奇緣」二字後，老人突然臉色大變。

「後孔之子的稗官野史都被拿來當柴火了，您何必特地跑來找那個呢？」

後孔之子，也就是後方孔洞的子弟。朴周文這才曉得為何周圍的人極力說不曉得作者名字的原因，於是露出了苦笑。老人不曉得他的心思，見他笑了，於是勃然怒斥：

「怎麼了？大人難不成是擔心老朽忘記了挨板子的滋味，所以才來的嗎？別擔心啦，只要一下起雨來，這把骨頭就會痠痛得要命，就算想忘也忘不了。」

「您先別急著發脾氣，聽我說完話。我明白老人家您先前受了屈辱，不過我之所以尋找《奇緣》沒有別的意思，首先是因為大致聽說了其中令人瞠目結舌的故事，卻沒親眼見到那本書，所以感到很惋惜；其二則是對於隱跡埋名的作家感到好奇；第三，要是幸運的話，希望能夠看看那位作家的其他作品。這下消除您的疑慮了嗎？」

見朴周文說得誠懇，老人凝重的神情這才悄悄舒緩下來。

「反正早晚都有陰間使者來問候老朽，面對世間的官吏又有什麼好懼怕的呢？好，老朽就全告訴你吧，其實出版《奇緣》的始作俑者就是老朽。那是在三年前左右吧，當時老朽經營了一家規模比這大上許多的租書店。有一天，一位相貌堂堂的青年跑來問老朽，願不願意出價買新著的稗官野史。只要文章夠出色，價錢談攏了，又有何不可呢？儘管如此，老朽依然猶豫了許久。但老朽一看就知道其中隱藏的故事非同小可，所以就請那位青年吃了一碗湯飯，給他倒了幾杯酒。在取得他的信任之後，我倆聊起了天，這時青年說起了各式各樣的故事。而那些故事呢，是老朽做書籍生意三十年都不曾聽聞也不曾見過的，於是老朽二話不說，決定出版這本書。

這位青年說，他不收錢也無所謂，但是再三叮囑老朽，絕對不能告訴他人。而且最要緊的是，拿到稿子後必須等上三天，若無風吹草動，老朽才能出版這本書。老朽的專長就是把嘴巴閉得緊緊的，不過對於要等上三天，自然是不滿意囉，因為老朽生平最討厭牽扯上複雜的事情。但是基於對書的貪念，所以我倆就這麼約定好了。過了十來天後，青年帶來了稿子，一看，果然故事奇特、語句深沉，絕非出自初次寫作的人之手。老朽問作者姓名是什麼，他回答是『後孔之子』。當然啦，這是筆名。因為這名字太過露骨，所以老朽並不樂意，但青年堅決要使用那個名字，因此老朽也別無他法。

總之，老朽就這麼等了三天，『一刻如三秋』這句話無疑是此時的最佳寫照。幸虧過了三天後什麼消息也沒有，於是老朽就著手進行作業。雖然青年毫無音訊的事讓人有些掛心，但畢竟起初他便要求老朽在風平浪靜的時候出書。不過，為了避免事情進行得不順利，知道老朽在籌備這本書的，只有負責抄寫的宋某一人。老朽做了一輩子的書籍生意，難道還猜不到出這本書會有何種後果嗎？老朽在做了萬全的準備後出了書，結果一出版，大家就口耳相傳，每家租書店都有人排隊等著要書。老朽雖然喜不自勝，但心裏也七上八下的。果不其然，有一天刑曹的人找上門來，用宛如綁一串乾黃花魚般，將抄寫的宋某、老朽以及長安知名租書店的老闆們加以綑綁，送進了牢裏。他們每天逼問我們是誰寫了這本書，又是誰出版的。老朽還真憂心宋某會承受不了刑罰而招供，但也不知是幸或不幸，原來身子就孱弱的宋某還沒過三日就離開了人世。多虧於此，懲治一事不了了之，老朽和其他書店的老闆在挨了三十大板後就被釋放了。家中原有的幾本書也在當時全部遭到沒收、銷毀，也許在這世界上再也見不到《奇緣》了吧。」

「那麼，之後再也沒見到那位青年嗎？」

「書出版後沒多久，老朽曾去找過他。但不知道發生了什麼事，青年看起來有氣無力。老朽說要付他錢，他也推辭不肯收下，只帶著寂寥的神情，帶上兩本書就走了，自此之後渺無音訊。原本就是個美男子，不管到哪都會引人注目才是，但至今老朽都沒見過他，所以也有些好奇是不是出了什麼事。」

朴周文心想姑且一試，將未福的容貌特徵畫了出來，結果老人嚇了一大跳，眼珠子活像是要蹦出來似的。

「大人怎麼曉得此人？」

得知自己猜想的沒錯，朴周文也不禁心頭一驚，不過他仍裝作泰然自若地問道：

「聽老人家您的話之後，我覺得後孔之子就是此人，這人該不會是把自己的經歷寫成稗官野史出版的吧？」

「嚇！果然官不是任何人都能當的。雖然這名青年不曾開口承認這件事，但老朽也抱持著相同想法。除了宛如玉石般的外貌之外，起初他邊飲酒邊訴說故事大綱，而在他提到王功時，眼睛就像要噴火似的；說起嘉熙時，眼眶內又噙著淚水，就像是在訴說自己的經歷一般。只不過依書寫功力的嫻熟或工整的字體來看，老朽又不禁心想作者是否另有他人，畢竟無所事事的書生拿寫稗官野史來消磨時間是常有的事。不過說真的，大人您怎麼曉得此人？突然追查此事的原因又是什麼？」

老人的臉上擺明了就是擔憂自己會再度受辱。朴周文說自己只是熱愛閱讀稗官野史，對此感興趣罷了，要老人別擔心，並且千交代萬交代，若是老人得知一丁點關於後孔之子，也就是未福的行蹤的話，要立即告知他，之後便走出了書店。

那天回家之後，朴周文仔細將這段時間的事情想過一遍。若說未福是深感於自己身世淒涼而自縊，而高石峰則是拿著從女僧那兒奪來的祭物到處揮霍，在酩酊大醉的狀態下意外身亡，其實也沒什麼好奇怪的。只不過朴周文左思右想，依舊難以置信。

若想消除疑惑，首先必須得知未福為何要用「後孔之子」的名字出版稗官野史。明明身穿女裝活得好好的，可是他卻撕下自己的書並咬在口中自縊，這其中必定隱藏著某種玄機。此外，倘若《奇緣》是實際發生在未福身上的故事，那麼未福心懷怨恨的王功究竟會是誰呢？又或者，這位名叫王功的人想隱藏自身的罪孽，所以才殺了未福？不對，假如撰寫《奇緣》是另有他人，他與未福又是何種關係？會不會與未福之死有所關聯？

朴周文的腦袋中接二連三地冒出疑問，頭也感到陣陣刺痛。越是去追查這個事件，就越像是置身迷霧之中，就好比飯後噎著似的，令他夜不成眠，書也讀不進去。朴周文嘆了口氣，輾轉反側，此時妻子突然笑了出來。

「妳笑什麼呢？」

「相公過去不是曾說過稗官野史沒有用處嗎？就是這種時候能派上用場。晚上睡不著覺時，沒有比稗官野史更好的了。」

「還真是如此呢。如果現在有那本《奇緣》的話就好啦。」

對於這突如其來的回答，雖然妻子詫異地盯著他瞧，但朴周文只是深深地嘆了口氣。

過了數日，事情依舊毫無進展。高石峰的奶奶依舊行蹤成謎，尚洞書店也沒有半點消息。朴周文認為，既然未福死前將《奇緣》的一角撕下，那麼就表示某處還留有被撕下書頁的書，於是將都城內的書店仔仔細細地搜查了一遍，但依然是一無所獲，不過是讓他變得更加鬱悶，身子更加疲憊不堪罷了。

五天的時間過去，等到經過十天，朴周文不禁認為整件事已是愁雲慘霧。他帶上先前扣押的未福衣物，走出了官廳。雖然衣物主人的身分已然揭曉，但既然主人已經不在人世，念在最後的緣分，送給酒家老闆娘似乎也不為過。

可是就在朴周文走出官廳大約十來步時，突然看到尚洞書店的老人慌慌張張地從前方跑來。

「老人家您有什麼事嗎？」

「哎喲，大人。因為大人，老朽都快小命不保啦。話說回來，請大人趕快走吧。」

「上哪去？」

「還能上哪去？當然是老朽的書店啦。老朽忙到就連坐下的時間都沒有，想要給您捎信，也要有時間才行是吧？幸虧現在去的話還能趕上時間。」

「老人家！請您從頭至尾說個清楚，要不然我是一步也不會跨出去的。」

「什麼？好啊，好。反正時間遲了也是大人的事，那就這麼辦好了。事情是這樣的，在昨天日暮時分之前，有位清秀文靜的大家閨秀找上門來。雖然她身穿丫環的衣服變裝，但怎麼逃得過老朽的法眼呢？老朽心想，原來這是一位為稗官野史所著迷的大家閨秀啊，於是拿出了她們所喜愛的演義類[14]，可是這位閨秀環顧四周，詢問老朽曉不曉得《奇緣》呢。老朽嚇得心臟都快跳出來了，正心想著要如何胡謅應付才好，結果她隨即開口：『小女有一本《奇緣》。』唉唷，老朽不知有多吃驚啊，心臟簡直像是要跳出來一樣。但老朽仍繼續裝蒜，說這是什麼意思，結果她一雙眼睛瞅著老朽，說：『請您出版新的書。』還說明日會將書本帶來，要老朽別輕舉妄動，說她曉得老朽就是出版《奇緣》的人，接著便失去了蹤影。這事情發生得突然，所以老朽還心想這究竟是夢境還是現實啊？但見她的眼色和言行舉止，肯定不是胡說八道。」

「所以她會在此時來嗎？」

「是啊，昨日也是在此時來的。」

「趕緊走吧，快點。」

這次換朴周文領頭拉著老人走，老人則一副無言以對的樣子，鼻孔輕哼了一聲。

抵達租書店之後，老人站在店鋪門口，朴周文則藏身在書架之間靜待。果然不消多久，一位大家閨秀走了進來，消瘦的臉龐上明顯透露著緊張，但高而端莊的額頭與冰冷的眼神則顯現出其堅定剛正的品性。昨天分明還變裝前來，但今兒個她卻身著綠衣紅裳，外頭搭上面紗斗篷，一舉手一投足均能聽聞綢緞拂過的聲音，肯定是大家閨秀沒錯。閨秀將店鋪裏外檢查了一遍，然後才從懷中取出一本書。老人接下書本，手卻宛如中風患者般抖個不停。

「錯不了，這確實是《奇緣》。」

雖然老人說這句話時心中是想著朴周文，但閨秀自然不可能曉得他的心思，於是語帶嘲笑地說：

「小女不是說會帶《奇緣》來這了嗎？」

「可是您只要親自抄寫就行了，為何要給老朽呢？要是老朽不巧乘鶴歸西了，您打算怎麼辦？」

「要是小女一人抄寫，要等到何年何日才能將此書公諸於世呢？小女很清楚老人家您是世界上第一個出版此書的人。雖然因為這本書，讓許多人的名字登上了陰間使者的名冊，但小女

14 和《三國演義》同樣以歷史為素材的通俗小說。

仍無法拋下初衷，因此需要借助您的幫助，還請您別勸退小女。」

閨秀說出這番話時，眼眸中噙著淚水。見到那楚楚可憐的姿態，不禁讓老人心生動搖，於是他以更為和緩平靜的嗓音答道：

「雖然不曉得這來龍去脈，但老朽能明白您的苦衷。只不過這是國家嚴禁的書，老朽已是老態龍鍾、渾身病痛，既沒有編書出版的力氣，也不知方法。還請您別太埋怨老朽。」

閨秀只是不停地流淚，苦苦哀求。

「小女該有多鬱悶才會來到這裏呢？倘若真是如此，不然介紹刻版師給小女也好，小女會親自登門請求。」

「什麼？刻版師？難道您是想出版《奇緣》的坊刻本嗎？」

「只要能讓更多人看到這本書，小女沒有做不出來的事！」

就在閨秀毅然決然地表達自己心意的同時，朴周文冷不防從書架間跳了出來，讓她倒抽了一口氣。朴周文趕緊攔住了想要逃跑的閨秀。

「請留步！我不會傷害妳的。」

老人連忙在旁邊幫腔。

「這位是喜愛《奇緣》的人。雖然他身穿官服，不過我們志趣相投，還請小姐安心。」

聽到這番話之後，不知身體是否突然失去力氣，閨秀忽然昏厥了過去。朴周文和老人家攙扶閨秀到房裏躺下，朝她的臉上噴灑些許涼水。過了一會兒，閨秀才甦醒過來，但她只是無聲哭泣著。她大概是認為事情搞砸了，所以感到大失所望吧。朴周文提醒老人家留意外頭動靜，並在等待閨秀停止哭泣的同時說道：

「我是漢城府參軍朴周文。真是抱歉，初次見面就嚇得妳花容失色。我有幾項事情想問，還請妳如實回答。我無意傷害妳，因此請別多慮。」

閨秀的雙眼噙著淚水，點了點頭。朴周文問道：

「撰寫《奇緣》的作家，是否就是名叫未福的男子？」

閨秀瞪大了猶如山葡萄般圓滾滾的眼眸，似乎受到了很大的驚嚇。

「果然是如此。那麼，妳知道未福月餘前自縊身亡的事嗎？」

閨秀的眼眶再度濕成一片，豆大的淚珠不斷往下滴落。

「嗯，其實我是替未福驗屍的人。起初看到屍體沒有什麼外傷，才判斷他是自縊而死，但後來經過深思熟慮，發現有許多可疑之處，所以才會違背上級的命令，私自進行調查。」

「您能夠告訴我未福死亡的狀態是如何嗎？」

閨秀好不容易才開口詢問，因此朴周文也不忍推辭，只是盡可能將話講得婉轉一些，但閨秀絲毫沒有受到驚嚇，只是靜靜地點頭聆聽著。

「所以他將《奇緣》的一角銜在嘴裏是嗎？」

閨秀以沉著冷靜的語調詢問。

「是的。赤身裸體與口中銜著紙團兩件事，起初就讓我感到掛心，只不過……」

「參軍大人您當真想知道未福是如何死的嗎？就算得知了真相，如今應該也於事無補了啊。」

「如果他並非自縊而死，那麼我犯下的罪孽就太過深重了。即便他是自縊好了，但起初我沒能將事情處理得當，就連死者的身分都沒能查明，讓死者留下了憾恨，這同樣是我的疏失。我只希望能夠想盡辦法得知真相，盡我剩餘的本分。」

閨秀深深地嘆了口氣，接著彷彿下定決心似的開口。

「大人忖度《奇緣》是隱射未福自身遭遇的想法，確實沒有錯。未福曾是小女摯愛之人，是小女與……小女父親的戀人。真是可怕又駭人的緣分哪。

未福曾是小女家中的僕人。自小精雕細琢的外貌便吸引大家的目光，令眾人讚不絕口。小女的父親很早就看上了眼，經常讓他出入舍廊房（譯註：男主人的起居室）。但不管是母親或家中其他人，都認為父親不過是疼愛未福罷了。因為父親會教導未福習字讀書，而大家也總是稱讚他才華洋溢。

然後有一天夜晚，小女見到未福哭著搥打後院的松樹。雖不曉得他何以如此傷心難過，但他那悲傷的模樣從此埋藏於小女心底。值得感激的是，未福也沒有拒絕小女的心意。儘管為了避人耳目，我們成了只能在無月的夜晚焦急等待彼此的戀人，但既然我倆已繫上了月老之繩[15]，不管遇上什麼事，我們都會欣然接受。不過，宛如夢境般美好的時光並沒有維持太久，因為父母替小女決定了婚事。儘管未福提議要一塊私奔，但愚昧如小女，卻始終無法下定決心，躊躇再三。

四柱單子（譯註：訂婚後新郎家中送至新娘家中的單子，上頭寫有新郎的生辰八字。）送來幾天後，未福捎了一封信，要小女在月亮升起時到廂房去。當小女得知那天夜晚在舍廊房發生什麼事後，便昏厥了過去。醒來時，未福已失去了蹤影，而父親則一副泰然自若的樣子，像是什麼事情也沒發生過一樣。小女之所以撰寫《奇緣》，原因就在此。」

朴周文詫異大喊：

「妳寫了《奇緣》？此話當真？」

「是的，《奇緣》是出自小女之手。在小女決心與之後才捎來消息的未福共度餘生之後，便配合離家出走的時間寫下了《奇緣》。完成的原稿由未福交給尚洞書店，同時小女也留了一封信給父親。如果父親加以阻撓，小女就會將記載這一切的書本公諸於世。如此一來，父親也將

15 稱為月老赤繩，出自於月下老人會隨身攜帶紅繩，替男女締結姻緣的古史。

束手無策。小女原本是這麼想的，但是……倘若事情如我們所願，末福又怎會穿上衣裙、男扮女裝呢？身為名門望族之後的小女，又怎會做出忤逆父親、有辱家門之事呢？真是無比悲憤又怨恨哪。」

彷彿滿腹的淒楚再度湧上心頭，閨秀搥胸哭泣著。朴周文默默等待她的心情平復下來，說完剩下的故事。在大哭一場過後，閨秀拭淚說道：

「約定的日子來臨時，小女暗地離家出走，可是等待小女的人卻不是末福，而是父親的手下們。末福早已在他們手中斷了氣，而小女則是在昏厥的狀態下被送回家中。儘管父母想盡快舉辦小女的婚事，但即便上了胭脂仍掩飾不了小女的病容。有哪戶人家會想讓一個病懨懨的媳婦進門呢？小女就這樣如行屍走肉般度過了將近一年，最後母親的心思消磨殆盡，說要供佛祈禱，找了女僧來到家中。當時小女早已失去生存意志，不管是和尚上門或是誦經念佛都不為所動。可是，偶然遇見的菩薩笑容卻十分地眼熟。小女定睛一瞧，發現那正是末福。儘管他頭上梳了一個抓髻，身穿粗布衣裙，打扮得有模有樣，但小女又怎會不曉得他就是自己魂牽夢縈之人呢？小女好不容易將周圍的人打發之後，只剩我倆獨處，牽著彼此的手。淚水如江河般傾瀉而下，苦笑如水花般蔓延開來，我們就這樣一會兒哭，一會兒又笑的。當時小女初次見到了《奇緣》的成書，雖然末福憂心這會對小女不利，但小女僅是對於能夠完成心願而感激在心頭。自那天開始，末福有時便以禱告或朗讀書本為由進出家裏。因為在他男扮女裝之後，沒有一個人起疑心，所以我們徹底卸下了心防，沒想到最後這仍成了禍根。」

「是因為妳父親得知了此事嗎？」

「是的。因為父親對犯罪這件事駕輕就熟，不可能對我們這種小孩子般的把戲不知情，但我們實在太過天真愚昧了。過了一天、兩天，見未福依舊沒有回來，小女的心全揪在了一塊。此時父親喚小女過去，將《奇緣》拿給小女看。雖然那本書已經被撕破了，但很顯然就是未福的書。『這是最後一次了。』父親邊說邊點燃了火，但他似乎以為《奇緣》是出自未福之手，所以想藉由殺害未福和毀掉《奇緣》來掩飾自己的罪行。

小女屈膝跪下並告訴父親，寫下那駭人的文章羞辱父親，欺瞞世人的人正是小女，因此若要興師問罪，就治小女的罪吧。但父親充耳不聞，反倒更加大發雷霆地說：『不管妳說什麼都沒有用，未福這小子生性骯髒，我還會不知道嗎？』還說自己已將身穿丫頭衣裳、做出汙穢下流事情的傢伙殺死，原本還想割下他的陽具以示訓誡，但想到往後可能會帶來麻煩，所以才按捺住。這時小女才曉得原來未福已經不在這個世上。不久之後，因為刑部經常找上門來，於是小女暗中調查，發現父親的罪行不僅止於此。」

「該不會高石峰家……」

朴周文話未說完，閨秀就點了點頭。

「是的，因為他們口風不牢，引來了後患……」

閨秀長嘆了一口氣後，接著說道：

「您不是問小女為何要再次出版《奇緣》嗎？首先是為了避免更多無辜的性命犧牲，第二是為了將未福死前仍想揭發的仇恨詔告天下。第三，是因為沒有別的辦法能讓父親體認到我們父女倆是罪人的事實。倘若如此做能一解死者的憾恨，使其得以前往西方極樂世界，就算小女必須在三惡道（譯註：地獄道、畜生道、惡鬼道）經歷三千劫，也毫無怨言。」

朴周文聽完這來龍去脈之後，先前累積的疑問如白雪消融般消逝得無影無蹤，各種對不上的事情也全串聯了起來，沒有一處是有缺漏的。可是心中並沒有因此感到舒坦暢快，反倒更加惋惜哀戚。雖然俗話說紅顏薄命，但聽到正值花樣年華的閨女在經歷一般人未曾經歷的事後，依然打算奮不顧身地負薪救火，這令人憐憫又無言的狀況，也讓朴周文不禁紅了眼眶。

此時閨秀整理了一下自己的儀容，恭敬謙遜地行了個禮，接著再度說道：

「這前因後果全告訴您了，之後就任憑參軍大人處置。小女會欣然付出應有的代價，只是對於無法再版《奇緣》深感憾恨，但世道如此，又能埋怨誰呢？一切均交由參軍定奪。」

說完此話之後，閨秀猛然站了起來。朴周文連忙跟著起身，極力挽留閨秀。

「請留步，先聽完我說的話。妳願意相信愚昧的我，並且吐露對外人難以啟齒的原委，對我來說是恩重如山。聽完今日的話之後，我體認到自己的罪孽同樣深重。死者在命在旦夕之際仍撕下了書冊，想替自己的死因留下蛛絲馬跡，但無奈官員愚鈍不明，未能明白他的深意，還認定這是一起自殺案件，這叫深受冤屈的亡者要如何安息瞑目？更何況，想到此事成為不幸的根源，使無辜之人與奶奶相繼送命，我這愚昧之人的罪行，是任誰也比不上的。」

見到朴周文搥著自己的胸口責怪自己，閨秀也明瞭到他這番話並不只是隨口說說。朴周文冷靜下來之後，再度說道：

「可是，現在這麼聽下來，要挽回事情似乎為時已晚。因為我起初驗屍時出了差錯，導致就連一丁點的證據都遺失了。倘若我猜的沒錯，妳的父親應該就是刑曹判書，那麼每天進出官廳的我，自然比誰都清楚要對抗其威勢有多困難，因為先前高石峰的死因就是這麼被掩飾過去的。身為一名官吏，雖然這樣的話令我感到無比羞愧，但還請妳務必諒解，我絕不是想用冠冕堂皇的話語來欺騙妳，更不是要自我欺騙。只是念及死者，我也無法就這麼掩蓋事情真相，因此我倒是有個想法。」

見朴周文有所遲疑，閨秀連忙催促：「請您說出來吧。」

「我的想法是，按照妳的主意讓《奇緣》問世，但將未福冤死一事添加進去，重新撰寫。妳覺得怎麼樣？倘若妳肯點頭答應，我將會盡我一份心力，負責編寫的工作，好讓世上知道妳先前的費力勞心。同時，我將委託與未福締結緣分的女僧替冤死之人舉行薦度齋（譯註：為超渡死者所進行的儀式。），以慰他們在天之靈。儘管平庸拙劣的我沒能將事情處理妥當，對此感到無比憾恨，但為了星期之會[16]而違背天倫也不是人該有的行為，因此就將向妳父親問罪一事交給上天怎麼樣？」

看到朴周文如此懇切相勸，充滿感激的閨秀也不再說什麼了。朴周文將閨秀與末福兩人的因緣大致說給租書店的老人聽，並告訴他自己決心編寫新版《奇緣》的事。老人十分詫異，同時也大受感動，爽快地允諾會為此事盡一份心力。

那天過後，朴周文便辭去了漢城府的官職，不眠不休地埋首完成這部稗官野史。完全不知其中緣由的妻子不禁慨歎：「天底下因為稗官野史而傾家蕩產的，朴參軍還是第一人啊！」

經歷了數月，《奇緣》終於問世。每家書店都排滿了要買書的群眾。雖然刑曹內部曾經掀起問判書之罪的爭論，但最後只要求判書卸職就不了了之了。過了不久，閨秀削去了三千煩惱絲，拋下了俗世的一切因緣。但令人訝異的是，後續以後孔之子為筆名所出版的書仍源源不絕，深受稗官野史愛好者的愛戴。而其中的緣由，只有尚洞的老人家與前參軍朴周文才知曉。

己丑年陰曆三月三日記於尚洞

16 星期之會指的是牛郎與織女在七月七日相見一事，也用於指稱婚期。

故事中的故事

為小說痴狂的朝鮮人

朝鮮開始流行小說，是在十六到十七世紀經歷壬辰倭亂與丙子胡亂（譯註：指朝鮮仁祖十四年，清朝要求與朝鮮建立君臣關係遭拒，於是清太宗率領二十萬大軍侵略朝鮮的事件。）的時候。《三國演義》、《楚漢演義》、《水滸傳》等演義小說從中國傳入，除了兩班士大夫之外，也深受包括譯官在內的中人階層與兩班家的女性的歡迎。

不過當時書籍還很珍貴，人們多半不是買書來看，而是去借來看，或者親自抄寫借來的書再閱讀。當然，要用這種方式看書自然也不容易。謄書需要耗費許多時間精力，不是任何人都能輕易辦到的事，而且願意出借珍貴書冊的人亦是少數。所以據說為了出嫁的女兒，全家人會一塊抄寫小說，當成是給女兒的嫁妝。

在這之後，小說受到人們的歡迎，讀者群也越來越多，於是出現了專門借書的租書店。據說在十八世紀的首爾，聘請專業翻譯員和抄寫員並出借數千種書冊的租書店比比皆是。出借的書籍要比一般抄寫本或坊刻本的字體要大，紙張也較佳，每張書頁上都塗上了荏胡麻油，因此書本不易破損。租書者多為女性，一般會拿飾品或碗盤等物品抵押借書；其中也不乏為小說痴狂，因為書錢而勒緊皮帶過日子的人。所以有書蟲之稱的奎章閣（譯註：朝鮮時期的王室圖書館。）檢書官李德懋就曾經批判：「人不能沉溺於諺飜傳奇（翻譯為韓文的中國小說）。它會使人廢置家務、怠棄女紅，甚或有人傾家蕩產，只為借書閱讀。」

不僅如此，在小說所引起的社會問題之中，還包括了極具衝擊性的事件。此作品《尚洞夜話》的靈感，便是來自於英祖時期的紀錄。

「近年來有一名賤民，從十餘歲開始就畫眉擦粉，熟習女人的用語筆法，喜愛閱讀稗官野史，而嗓音聽來就像女人一樣。見那人突然失去了蹤影，原來是喬裝成了女人，進出於士大夫之家，時而替人把脈，時而又說自己熱愛閱讀稗官野史……此外，那人又與女僧勾結，一塊供佛祈禱。士大夫家的夫人們只見了那人一次就芳心蕩漾，因此有時會邀那人同寢，進行姦淫之事。判書張鵬翼（英祖時的刑曹判書）在得知這件事之後就曾將那男人的嘴堵住，加以殺害，因為擔憂若是那人將事情抖出，自己的處境會很為難。」（摘自具樹勳《二旬錄》）

稗官野史（意指街頭巷尾流傳的粗俗故事），也就是小說，就這麼擄獲了朝鮮時代的民心，使屹立不搖的儒教社會出現了裂痕。也因此，國家擔憂稗官野史會蔚為流行，把可能會造成問題的作品列為禁書並嚴格管束。好比中宗時，蔡壽的小說《薛公瓚傳》被認定為有違儒教觀念；而身為改革君主的正祖，為了防止稗官文學流行，於是進行大規模的文體整治，又稱為「文體反正」。

只是，雖然小說被強制禁止，卻無法阻止早已為小說痴狂的那些人，甚至小說在宮廷內也深具人氣。昌德宮樂善齋的王室圖書館內就網羅了全韓國的各種小說，深受宮廷女性的喜愛，所以才會有如同《玩月會盟宴》[17]的作者全州李氏一樣，為了揚名開始寫作的人。

小說在地方上也很具人氣。只不過小說租書店都位於首爾，所以地方上的人會透過朗讀者或坊刻本來享受小說的樂趣。朝鮮時代就有專門閱讀故事的「傳奇叟」，這些人通常會在聚集眾多人潮的市集等打轉，在民眾面前閱讀受歡迎的小說。

此外，識字又有閒暇的人會找坊刻本來閱讀。坊刻本指的是非「官刻」或「寺刹刻」的商業印刷物，十八世紀後伴隨著小說的流行而逐漸大眾化。漢陽、全州、安城等地的坊刻本主要都是大受歡迎的韓文小說。

17 《玩月會盟宴》一共分成一百八十卷，是一部相當龐大的小說。有關作者的身分眾說紛紜：此處採用林亨澤與鄭炳說的見解，界定安謙齋的母親全州李氏為作者。根據其他的紀錄，全州李氏深知宮中盛行小說，為了使自己能在宮廷中揚名而創作了這部作品。

可是在胡亂印刷的狀況下，不僅出現許多錯字，也有許多內容遺漏並加以竄改的部分，因此主要是受到下層民眾的喜愛，兩班貴族仍偏好租書的方式。

隨著小說受到大眾矚目，專門的小說家也因此出現。根據十九世紀翻譯家洪羲福的紀錄，「在我國，無所事事的書生與有才能的女子會翻譯古今的著名小說並創作小說，其數量高達數千本。」當時有許多放棄功名的書生將創作小說當成業餘消遣或謀生方法，像是創作《玉樓夢》的南永魯便是代表性的例子。此外，像是《玩月會盟宴》或《玉鴛再合奇緣》一樣，由居處深閨的女性親自書寫的長篇小說也不在少數。不過在這些作品之中，也有許多像《烏有蘭傳》（譯註：朝鮮英祖、正祖時期的漢文諷刺小說，透過妓生烏有蘭的誘惑來批判兩班貴族貪戀美色的陰暗面，作者和年代均不詳。）的春波散人或《三韓拾遺》（譯註：朝鮮純祖十四年，文人金紹行所著的長篇漢文小說，又稱為《義烈女傳》、《香郎傳》。）的無恴居士一樣用筆名發表的作品。因為作者使用筆名或未表明姓名，導致難以得知作者為何人的情況，就令人感到十分可惜。

焚書

聽說遊牧民族建立了國家。聽聞此消息之後，國王說道：

「總是四處漂泊的人竟然建立了國家，真叫人吃驚啊。屁股總是發癢的話，要如何坐得住呢？王宮大概就是個帳篷吧，如果國王每次移動都得帶著走的話，哈哈哈……」

見國王哈哈大笑，臣子與百姓也跟著笑了。

這是往東方九萬里，往北方九萬里，遙遠之地的故事。雖然從那兒揚起的風沙會在微乎其微的狀況下覆蓋王國的天穹，但僅止於此。稍作停留的風兒，很快就消散了，王國也得以維持長久以來的秩序。

就算無人管理，長達三百年的秩序

也能運轉得很好。國王漫不經心地翻了翻書。雖然創作故事的匠人們十分勤奮，但國王的閱讀速度總是超越匠人的寫作速度。國王空閒的那些時間，就由美麗的宮女來填補，而忠心耿耿的臣子則為了自己的工作殫心竭慮，個個頭髮花白。

整個王國平靜得令人感到枯燥乏味，然而結束這場平靜的，是風。

春天，一股威力無窮的風自北方席捲而來。籠罩王國的風沙足足停留了三個月又十天。土地晦暗無光，種子窒息而死，而羊群則在寸草不生的平原上遊蕩哭泣。人們的腦海中首次浮現了也許未來並不存在的想法。

就在此時，天空下起了一場紅雨。褚紅色的泥雨下了三天三夜之後，風也停歇了。然後，發生戰爭的傳聞卻隨著最後一陣風一併吹來，說在那北方遊牧的土地上，遊牧民族槍劍相向，在經過漫長的征戰之後，建立了四方橫跨萬里的帝國。

之後一切又歸於平靜。儘管有少數幾人在這股靜謐之中感到不安，但他們原本就愛杞人憂天，因此就連他們也不太相信自己。

翌年再度吹起了風沙，再隔一年也是。因為風沙時時刻刻吹個不停，就連米飯中也摻雜了沙粒。聽說帝國的軍隊橫掃了整個沙漠，從他們踩的馬蹄中竄出的沙柱直衝雲霄。手持偃月刀和三叉槍的他們，行經之處都會刮起一陣腥風血雨，使所有人停止了呼吸。

恐懼籠罩了整個王國，人民噤若寒蟬，於是頻頻察看自己的後方。

過了片刻，偵查兵朝國境前進。可是要不了多久，他便渾身是血地歸來，唯有他未盡的話語留了下來。

「他們往這……」

整個宮殿為了這句被死亡吞噬的話語而爭辯不休。帝國的軍隊往這來了，不會來，他們不會往這來，不可能會來的，不會來，會來，不會來，會來，不會來……最後國王摘下了最後一片葉子。會來！

一切都消失了。帝國的軍隊正朝王國而來。他們打算征服王國、攻擊王國、踐踏王國，使王國掀起一片腥風血雨。垂死前的沉默，吞噬了整個王國。

在所有人啞口無言之際，神官現身了，一手提著撢去神殿塵埃的掃帚，另一手則捧著能吃下蟲子的典籍。

「愚蠢的人們啊，末日來臨了。」

他以飽受灰塵洗禮的嘶啞聲喊道。驚慌失措的國王不禁大聲疾呼：

「末日！神官啊，你說詳細點。是誰、又是什麼要終結了？」

「陛下，是我們所有人的末日。遊牧民族是惡魔，唯有神才能拯救我們逃離惡魔手掌心。」

他嚴峻的目光洞悉了國王的內心。

「噢，神官啊，若想祈求神的慈悲，應該如何做才好呢？」

「沒有信仰的世界使神發怒了；神痛恨呼喚惡魔之人。必須每日祈禱，恢復你的信仰；你要以雙目瞪視，將惡魔的爪牙一舉殲滅。」

「全照你的意思去做。」

神官的身影尚未離開王宮之前，後方就出現了一位只會紙上談兵的大將軍。他在腰間插了一把從未揮過的長劍，身子也因此搖搖晃晃的。

「陛下，軍隊會拯救王國的。」

他宏亮無比的嗓音響遍了整座宮殿，讓國王嚇了一大跳。

「此話當真？那麼你說說看，要如何阻止遊牧民族的軍隊？」

「起初先以厚實堅固的城牆阻擋，接著再靠實力超群的士兵擋下。若還有剩餘之人，微臣將會用刀劍擋下。」

霸氣十足的大將軍打算一口氣將腰間的劍拔出，可是大約拔出一半時，劍就卡住了。大將軍趕緊將劍再次插入劍鞘，以莊重的神情仰視國王。國王以顫抖的嗓音說道：

「將軍所言甚是！就照你的話去做吧。」

就這樣，和平的時代逝去，變化的時代來臨了。

變化從一些小地方開始，好比說每天清晨，所有人配合王宮的布穀鳥吟唱的時間屈膝祈禱；朝臣在神殿，王與王妃在宮殿，而老百姓們則在原地——不管那是在街上、在茅房、在懸崖上或是在水坑——大家都要屈膝祈禱。

儘管這些事情看似微不足道，不滿的聲浪卻不絕於耳。包括清晨無法享受悠閒時光的大臣、無法睡懶覺的國王與王妃，沒有一個人高興。老百姓就更是如此了。屈膝跪在泥水中，或是下半身赤裸著弓腰合掌的人民，都強烈地對新規定表示反感。而這也招致了第二個變化。

「在所有人合掌祈禱時，有人卻在暗地裏橫眉瞪眼、口出怨言，他們才真正是呼喚惡魔的惡魔爪牙。」

國王自知理虧，因此不敢正視神官的眼睛。

「一定……會按照你的意思去做。」

包括懷念一杯早茶的眾臣，藉著酒醉而聲討這項煩人規定的人民，以及忙著如廁而不是合掌禱告的人，全都成排地被帶走了。如今變化宛如雪球般越滾越大，就算擱著不理會，它也會自動滾動。

為了搜出惡魔的爪牙，因此需要有哨兵出動。耕田的農夫、販售物品的商人、教導孩子的教師全都成了哨兵。此外，還需要能夠囚禁惡魔爪牙的監獄。鴿群大搖大擺閒晃的公園，以及教師離開後孩子一哄而散的學校，全都搖身變成了監獄。

想要的話就去執行，若有不足就去填補。

追逐惡魔爪牙的步伐一刻也不曾停歇，王宮籠罩在一片寂靜之中。打破這片靜謐的，是粗重的呼吸聲、敲碎石子的聲音與斷斷續續的慘叫聲。在沿著王國北方山脊打造蜿蜒的城牆之後，又開始了一項環繞王國的浩大工程。為了建造就連一根髮絲也無法鑽入的城牆，百姓們的手也裂了，腿也斷了，最後在完成的城牆前大喊萬歲的，只有手腳還安然無恙的王族、朝臣與神官。

國王這下總算鬆了口氣。這樣總萬事俱備了吧？

但是大將軍並沒有就此滿足。

「除非城牆下方有成排的精實軍隊，否則王國將無平靜之日。」

失去雙手的人戴上了鐵鉤，沒了雙腿的人裝上木腿，做出了稍息的姿勢。城牆興建完成，軍隊也訓練有素，處處皆是監獄，大家也按時進行了禱告。也許是因為如此，整個王國一片寧靜。每一年將王國逼至絕境的風沙，也在不知不覺中停歇了，帝國的軍隊卻連影子都沒有出現。

充滿好奇心的年輕人問了，王國是不是舉起了不安的刀鋒，朝向根本不會到來的軍隊刺去？

這個問題本身就是不敬的證據。

王國的哨兵猛然闖進了年輕人的房間；房間裏滿滿的書籍中只有一本經典。雖然年輕人每天都按時祈禱，但他肯定是惡魔的爪牙！年輕人與他的朋友們消失了，他的書本與他那不祥之手碰觸過的所有物品，全在廣場上付之一炬。因為被城牆層層包圍住，失去陽光照射的王國總是陰涼森冷，見到火苗的人們因此喜上眉梢。百姓的喜悅，就是國王的幸福，也是臣子的使命。一位被名利薰心而澎拜不已的臣子吶喊：

「沒有比書更好的引火物啦！」

如果將啃食心智的書本焚毀之後，就能解決王國急需暖氣的問題，那自然是再好不過了。廣場上放了巨大無比的熔爐，人們將未能派上用場的書本逐一丟入。而那些因為書本而病入膏肓的人為了躲避火勢，偷偷將書本藏了起來。人民需要鐵鎚……所以他們熔掉了活字版，而國王也很欣然地答應了這樁廢物利用的事。文字的時代結束了，如今進入了刀劍的時代。

在書本燃燒殆盡的火苗之中，曾經創造出書本的文字一個個融化了。

帝國的軍隊至今仍未抵達。當他們來到的那一天，就連一根線也無法進入的密實城牆將會盡到它們的職責。

遊牧民族揮劍劃月的聲音隨風吹來，殘缺不全的月亮映照著王國，而受到驚嚇的影子紛紛藏身躲進了巷弄裏。在朗讀聲中斷的夜晚，如深海般幽靜的黑暗吞噬了王國。當他們來臨之際，一切沉默終將甦醒；但在那刻來臨之前，王國將悄然無聲地，沉浸在一片沉默之中。

故事中的故事

焚書的歷史

書的歷史，同時也是禁書的歷史。因為書是知識，知識即是權力，而禁書則是圍繞權力鬥爭的表現手法之一，所以也是自然不過的事。焚書是禁書最為激烈極端的手段，也應證了權力因書本受到了多大的威脅。

歷史上最早的焚書行動，是在西元前五世紀的雅典，當時燒掉了普羅泰格拉的著作《論神》。原因自然與宗教有關，因為它否定了神的存在。除了將書本和其作者處以火刑之外，亞歷山大大主教狄奧斐盧斯更基於宗教上的原因，摧毀了世界上首屈一指的圖書館，並在原址建造了基督教的寺院；其姪子區利羅則唆使瘋狂的信徒以亂刀砍殺圖書館館長的女兒，亦即與歐幾里得、阿基米德並列希臘三大數學家的希帕提婭，並將其活活燒死。

在基督教盛行的中世紀，因為宗教原因而遭到禁止與焚燒的書本不計其數。一〇九九年攻擊伊斯蘭的十字軍就使藏書三百萬冊之的黎波里圖書館化為灰燼。將伊斯蘭璀璨的圖書館歷史變成廢墟的還不只有十字軍，在土耳其與蒙古的侵略之下，伊斯蘭王朝以「知識的殿堂」、「學問的殿堂」之名在巴格達、開羅、哥多華建造的數十萬冊藏書圖書館也都全數遭到摧毀。

拉丁美洲的歷史，則展現了宗教信仰不同的外族侵略時，書籍遭受了何等殘酷的命運。征服拉丁美洲的西班牙人為了根除以精巧文字為根基的馬雅文明，不僅摧毀用皮革和纖維製作的各種書籍，並大規模殺害書本的記錄員。其中又以方濟會修道士蘭達主導的焚書行動最為徹底，在數千卷的書籍之中，如今只留下了三個卷軸。

直至現代，外族征服者將征服地區的書本燒毀之事仍時有所聞。一九三三年的春天，希特勒把三十個大學裏頭被認定為「違反德國精神」的書籍，在十二年期間將超過一億本的書與六百萬以上的人民送進了火坑。除了德國之外，納粹也掠奪了被征服國家的圖書，其中又以波蘭的損失最為慘重——有一千六百萬冊的書本遭到破壞，十二世紀的珍貴手抄本則變成了糖廠的燃料。但希特勒不是唯一這麼做的人，侵略西藏的中國軍隊也曾掠奪佛教寺院，燒毀了數十萬本書；攻擊塞拉耶佛的塞爾維亞軍隊也曾瞄準國立圖書館投下炸彈。即便是到了二十一世紀，這樣的事情仍未消失。美國侵略攻擊伊拉克時，文化藝術的搖籃「智慧的殿堂」

就曾因遭炸彈轟炸，包括國立圖書館在內的珍貴古文書保藏室遭到掠奪或付之一炬。

破壞書本並非外族征服者的專利。中國秦始皇就曾經為了根除威脅自身地位的儒學而焚書坑儒；與漢朝的劉邦一爭天下的項羽亦曾放火焚燒王室圖書館，使數萬計的書付諸東流。

不僅如此，歷史上也曾經有愛書人士燒毀藏書。五五四年，中國梁朝的元帝在敵人攻陷之前，就放火燒掉了自己愛不釋手的十四萬冊書；南唐最後一位皇帝李煜也同樣燒毀了一萬冊書。巴格達的抄寫員阿布・哈伊楊・艾爾・塔衛迪的作法甚至還帶有一點詩意。他自學哲學與宗教，並自成一家，也執筆無數的書。但就在接近百歲、即將離世之前，他放火燒掉了自己的藏書，並且留下了這樣的遺言：「將這些書本留給漫不在乎的人、研究這些書籍並玷汙我名譽的人、在翻閱這些書籍時發現錯誤與疏漏而沾沾自喜的人，無疑是莫大的痛苦。」

受推舉為猶太教聖人的納赫曼（一七七二～一八一一）足以稱為「焚書的指標」。納赫曼主張自己是受到迫害的救世主，其思想是由秘書納坦發揚光大，而其教誨的核心就是破壞書本。雖然納赫曼曾為「被破壞的書本」寫過相關論文，但為了維持理論的一貫性，便自行燒毀了論文。此外，他更主張比起被破壞的書本，優越的「絕對之書」更應該被隱藏起來，而且誰也不能見到這本書。這等於是藉著自己才知曉的絕對之書，來否定世上所有的書籍。

焚書的歷史，展現出想獨占書本（知

識）的欲望如何毀損、控制書籍。為了合理化自己的欲望，有時焚燒書本的這些人會將假想的威脅加以渲染，並將他人的欲望加以扭曲，為的就是想守護自己的書，壓制他人的書。書的歷史，便展現了書在欲望的兩個極端來回的過程。

聽聞[18]

以為雪要停歇了，結果再度下起鵝毛大雪。秀夫停下打掃工作，直接進了屋內。雖然掃雪掃到胳膊都痠疼了，但不知不覺中，翩然落下的白雪又填補了方才清掃的地方。秀夫不自覺地皺起了眉頭。

「很累吧？」

小首替他拂去肩上的白雪，動作十分輕柔。

「我得清出一條路才行，可是完全沒辦法。」

「這種天氣還會有誰來呢？明天再和我一起除雪吧。」

18《聽聞》是日本江戶時代流行的插畫作品集的書名，但僅是名稱相同而已，內容與原作無關。

「和吉呢？」

「在睡覺。」

秀夫從小首的手中接過乾淨的毛巾，然後進了浴池。他脫下溼透的衣服，將身體泡進溫暖的水中，隨即感到睡意襲來。秀夫往身上澆了兩次水，然後起身。秀夫沐浴後的水，由小首接著使用。無論秀夫如何勸說，要小首先行梳洗，她卻總是固執地拒絕，而秀夫也會趕在水溫變冷之前結束沐浴，不管小首再怎麼勸阻也沒用，夫妻倆人就是這麼相像。

換好衣服的秀夫走進了後屋。在冷颼颼的房間裏，老丈人猶如一名死者般躺著。

「父親，您不冷嗎？」

「嗯。」

老丈人細細的眼眸中帶著笑意，瞅著秀夫。

「下了很大的雪。」

「嗯。」

「請好好休息。」

看見老丈人闔眼之後，秀夫才離開了房間。儘管老丈人說沒關係，但秀夫仍對房間內冰涼的地板感到過意不去，可是又別無他法。過去幾年間一直是這個樣子。在和吉出生沒有多久之後，即便是再嚴寒的冬天，老丈人也沒有將火爐放到自己房內。即便秀夫與小首詢問緣由，他也僅是固執地搖搖頭，說：「這是我應得的。」自從老丈人臥病在床之後，秀夫就硬是將火爐放進了房裏，結果連話都無法好好說的患者竟斷食苦撐著，最後秀夫也只能順從他的意思。小首哼唱的歌聲從浴池傳了出來。真是一對善良純真卻又固執得可以的父女啊，秀夫笑吟吟地如此想道。

秀夫正打算進房，卻聽見了突如其來的敲門聲，於是停下了腳步。乓乓乓，有人正在敲門。這是個就連下雪聲都清晰可聞的安靜夜晚，但敲門的手勁卻毫不遲疑。秀夫壓抑住心中的不快，往庭院走去。

「是誰啊？」

「對不起，我是個迷路的過客。」

「我們家可不是旅館。」

「是……是，真的很抱歉。我也知道這樣很失禮，但因為下雪了，完全看不到前方，再加上實在太冷了……雖然很冒昧，但請問是不是能在府上的倉庫借住一宿？」

「……」

「啊，我是來自品川的貸本屋[19]。我和這個村莊的村長北村是熟識，每年春天都會行經此處。今年來得比較早，所以才會弄得一身狼狽。」

秀夫是個極為小心翼翼的人，一方面是出自於天性，另一方面則是因為和老丈人生活在一起，因此凡事變得更加深思熟慮，但他並沒有不通人情到對這男子的可憐遭遇視而不見。秀夫打開了門，在大雪紛飛之中，一位男子揹著龐然的行囊，一臉淒涼地站立著。

男子連連頓首，走進了屋內。他不曉得在大雪中遊蕩了多久，全身都溼透了。但是當秀夫遞毛巾給他之後，他卻沒有先擦拭身子，反倒一心一意地擦起背上的行李箱。

「要是書本濕了可就糟啦。」

秀夫卸下了心防，因為認真做事的人總是值得信任。因為小首正在沐浴，所以由秀夫來向男子介紹說明。後屋旁邊是放置糧食和各種用具的小屋，如果要收留男子的話，就只有這個房間了。雖然平時勤快的小首會不時打掃，所以還不算太過髒亂，但是要讓人睡在這總覺得很抱歉。

「別這麼說，真的很舒適，沒有比這更好的旅館房間了。還以為我會在農田間凍死呢，沒想到能有一個棲身之處，我絕對不會忘記主人您的恩惠。」

男子再次朝著提著火爐進來的秀夫深深地鞠躬致謝，被曬得黝黑的臉上雖佈滿了皺紋，但並不顯得窮酸。

男子名叫松八，原本在江戶的印刷廠當工人，大約在六年前開始當貸本屋，在各個地方走動。

「貸本屋的工作應該比印刷廠好吧？」

秀夫對都市一無所知，不管是貸本屋或印刷廠都是第一次聽說。松八把滾燙的大麥茶拿來配飯，讓凍得變硬的飯糰稍微軟化之後，邊吃邊答：

「雖然同樣都是工作，但印刷的工作需要有一雙靈巧的手，但我天生性格莽撞，所以傷透了腦筋。最後因為弄壞葛飾[20]老師的浮世繪[21]，被印刷廠趕了出來，幸好認識的出版社老闆願意雇用我當貸本屋，才有了這份工作。雖然揹書到處走動很辛苦，但遊遍大江南北之餘，又能見到各式各樣的人，很適合我的性格，所以被印刷廠趕出來反倒是轉禍為福。」

「可是借書來看的人有那麼多嗎？在這種窮鄉僻壤……」

松八快速地搖了搖手，這是和各種人交手過的商人特有的誇張動作。

「別提啦，忙起來時就連吃飯的時間都沒有呢。雖然因為最近書店增加，找貸本屋的人不比從前了，不過……我原本也只跑江戶一帶，但競爭本來就很激烈，所以從前年開始往這邊開通門路，幸好有許多愛書之人，辛苦總算沒有白費。主人您好像不怎麼看書呢，不過書這種東西啊，一旦迷上之後，比賭博還可怕，還有人因此廢寢忘食呢。所以像我們這種貸本屋啊，就連

---

19 葛飾北齋（一七六〇～一八四九）是江戶時代著名的浮世繪畫家，發表了無數的版畫、小說插畫、畫冊等，梵谷等印象派畫家也深受其影響。

20 江戶時代盛行的租書商。

21 江戶時代知名的傳統日本畫，利用版畫等形式，以寫實的畫風描繪都市的日常生活。

天氣惡劣時也沒法休息。特別是當為永春水或曲亭馬琴[22]之類的知名作家出書時，根本一刻都不得閒。因為要是動作稍微遲了一些，就會挨一頓罵，流失掉所有老顧客。原本我也不是如此逞強的人，但這次曲亭馬琴出了新書，我只顧著要加緊腳步，所以才弄得一身狼狽。呵呵。」

秀夫瞪大了雙眼。因為平時就離群索居，而且自小就不知道書為何物，所以當他得知有這麼多人借書來看之後，感到非常詫異。

「您從沒借過書嗎？」

松八啞口無言地盯著秀夫許久，秀夫不禁漲紅了臉。松八開始氣勢十足地打開箱子並取出書本。

「真是令人吃驚啦。啊，這不是在怪您，只是我受到了一點驚嚇。那麼，您也應該沒見過人情本[23]與合卷[24]吧？這種浮世繪怎麼樣呢？這還配上了俳句，最近很受歡迎呢。」

在酒落本[25]上蒼鬱樹木的圖畫旁，寫有「花兒飄落後，托葉更嬌綠」的簡短詩句。見到那栩栩如生的綠葉，秀夫不由得出了神。

「這是大家喜愛的人情本。因為是出自鼎鼎有名的插畫家之手，所以插畫也很令人驚豔。這是過去曾經很受歡迎的酒落本，雖然有些老舊了，但至今仍有人借閱。」

秀夫小心翼翼地翻閱松八所取出的書。人情本的紙張平滑，插圖細緻，印刷也很清晰，看起來很賞心悅目。但是吸引秀夫視線的，是書頁磨損嚴重、到處都有塗鴉痕跡的陳舊酒落本。

上頭以大膽的筆觸刻劃出妓女散亂的姿態，就算不閱讀文章，光看插畫也能猜出內容。秀夫目不轉睛地注視書本。

「您再看看這個，是教育孩子們用的書，有很多圖畫，字體也很大，看起來很舒服吧？」

雖然松八將圖畫書推到秀夫面前，但秀夫的目光無法從酒落本移開。秀夫的腦袋裏好像閃了一下。

「啊！這是……」

是女人。看書的女人，還有旁邊的人，那人轉過了頭。腦海變得一片空白，秀夫用雙手抱住自己的頭。

「您沒事吧？」

「啊，是的，我沒事。只是這個讓我覺得眼熟，好像在哪兒見過，卻怎麼也想不起來……真教人鬱悶呢。」

松八憂心忡忡的神情瞬間又明亮了起來。

22 為永春水、曲亭馬琴是江戶時代的代表性暢銷作家。
23 一八二〇年左右出現的故事書，描寫男女情愛、風俗與日常，書的大小大致和B6版的文庫本相仿，又稱為「中本」。
24 流行於江戶時代後期，有許多插畫的故事書。偏重於圖畫大於文字，以華麗的裝幀或開頭的圖畫激發讀者的購買欲。
25 江戶中期出版的小說，寫實刻劃流連於柳陌花巷的風俗小說。

「您一定見過，因為這本書原來就很出名。大概是兒時見過父母閱讀吧。雖然是描寫情色的故事，所以父母都會在暗地裏偷看，但要瞞過孩子的眼睛可不容易呀，哈哈。」

說到父母……秀夫頓時感到很茫然，可是松八依然說個沒完。

「其實比這本書更受矚目的是露骨的春本[26]，但要是稍不留意，可能就會惹得官廳不高興，所以我一向很小心。因為幕府禁止出版酒落本，加上作家和出版業者都因傷風敗俗的罪名而被叫去，所以最近大家都不敢輕舉妄動。雖然最近還能勉強混口飯吃，但想到未來不知會變成怎樣，便忍不住擔憂起來啊。儘管上頭的人斥責說這會敗壞風俗，但畢竟沒有怪談或情愛故事就做不成生意，尤其是《江戶怪談》之類的紀實故事總是擁有極高人氣，要他們別出版這種書，談何容易？」

「紀實故事是實際發生的事嗎？」

「是啊，沒錯。通常閒來無事的作家們會將實際發生的奇事或聽聞適當改寫後出版。像是《江戶怪談》就是描寫許久前轟動整個江戶的家族謀殺事件，甫出版就大受歡迎，就連印刷廠都得熬夜趕工呢。」

「家族謀殺？果真是駭人聽聞啊。」

秀夫不由自主地打著哆嗦。松八努力憋著不笑出來，還故意用非常嚴肅的嗓音說了下去。

只要對著鄉巴佬說上幾句話，就會為自己有多麼博識多聞而感動莫名。

「是啊，真的很可怕吧？死者有四人，布襪店的主人夫妻倆、引起這事件的女人，還有夫妻年幼的兒子。雖然沒發現孩子的屍體，但自此之後蹤跡全無，所以肯定是死了。儘管傳言四處飛，說八成是男主人和偷情的女人在其他地方殺掉了他，但他終究是個年幼的孩子，也許是火勢將一切痕跡湮滅了吧。事件發生的時候，我才剛開始在印刷廠學習做事，後來到處聽大家說來道去，最後就連未曾謀面的布襪主人都在夢中出現了呢，呵呵呵。」

「把實際發生的事情寫成書也沒關係嗎？要是那家人的親屬抗議呢？」

「當然是只寫不會招來後患的事件啊。光是拿布襪店事件來說好了，一家人全死光了，而且他們也沒什麼親戚。雖然書中說那個引起事件的女人是家中的下女，但實際上她是個貸本屋。只是如果在小說中那樣寫的話，就會影響到我們的生意，所以才偷偷改掉了。」

「還有女的貸本屋啊？請您說詳細一點。」

松八呼呼地吹涼大麥茶，而後喝下，故意讓秀夫感到心急，接著才緩緩開口。

「發生事件的布襪店在當時的江戶是間赫赫有名的店鋪。雖然規模並不大，但樣式一應俱全，而且井然有序，所以上門的顧客絡繹不絕。原本那家店鋪已經一蹶不振了，但聽說靠著夫

26 好寫男女雲雨巫山的書。

人的陪嫁財產才得以東山再起。當然啦，男主人也頗有交際手腕，而且工作也很勤奮，但要是沒有那筆嫁妝，規模也不可能變那麼大。事件發生之前好像就有這些傳聞了吧。

總之和夫人成婚之後，兩人很快就生下了兒子。夫家還正高興著福星上門了，但之後公婆卻相繼死亡，夫人也疾病纏身，家中的氣氛變得很晦暗，夫妻的關係大概也因此疏遠了。就在這個節骨眼，主人看上了進出家中的貸本屋。門風嚴苛的人家會忌諱讓外頭的男人進出裏屋（譯註：指一戶人家內有兩幢以上的建物時，位於內側的房屋，是女主人為首的女性所使用的空間），所以會刻意找女性的貸本屋。不過布襪店的狀況不是如此，我想會不會是主人無法上妓院，所以才叫她去的，因為賣身的女性貸本屋也很常見。對於必須看夫人臉色的丈夫來說，貸本屋成了一個絕佳的藉口。但是夫人發現了兩人暗通款曲的事，被嫉妒蒙蔽了雙眼，最後殺死了兩人，自己也和兒子同歸於盡。偏偏這個時候，店鋪倉庫起火了……哦！」

松八與秀夫倒抽了一口氣，因為門猛然被打開。

「老公，父親他……」

是小首。迎面飛撲而來的小首嚇得面色發白，於是秀夫慌慌張張地奔向後屋。老丈人的頭轉向門的那一側，整個人癱倒在凌亂不堪的被褥上。秀夫正打算攙扶著他起身，卻見他發青的臉色痛苦地糾結在一塊。枕邊的水壺翻倒了，被褥濕漉漉的。

不知在什麼時候跑來的松八，開始替老丈人僵硬的身體按摩，秀夫也趕緊加入幫忙的行列，並讓小首換掉濕掉的被褥。更換乾淨的被褥，並在松八的幫助之下，好不容易才讓手腳掙扎的老丈人躺到床位上。此時秀夫已是滿身大汗，小首則是一臉欲哭的模樣望著丈夫。「沒事了。」秀夫邊說邊點了點頭。

「給我一點火。」

秀夫、小首、松八三人同時轉頭，閉上雙眼的老丈人微微動了動嘴唇。

「好冷，拿火爐來。」

小首全身癱軟地坐在地上。

「父親，您有辦法說話嗎？能說話嗎？」

秀夫聲音顫抖地追問，但老丈人只是雙唇緊抿，眉頭鎖緊。此時，松八一語點醒失去半條魂的小首與秀夫。

「總之既然已經清醒了，今天就讓老人家好好休息吧。詳細的留到明天再說，先把火爐拿進來放吧，要是病情又惡化的話就不好了。」

秀夫率先打起了精神。老丈人有好幾年都無法說話了，既然能開口說話，自然就是件好事。雖然不知其中原理，但動動筋骨似乎為僵硬的身體帶來了良性的刺激。

「如果是那樣的話，當然再好不過了，但若是更加惡化了……」

小首再也說不下去，因為她想起人在臨死前會迴光返照。秀夫輕輕地拍了拍小首顫動不已的肩膀。

「病情會好轉的。明早我就找大夫來，妳就別太擔心了。」

秀夫正打算拿出裏屋的火爐，此時眼明手快的松八立即提著自己房間的火爐出來。

「要是不這麼做，我會過意不去，請別再讓我給您添麻煩……」

既然松八都已經說到這個份上，秀夫也不好再說什麼。

在火爐擱置好之後，老丈人便將秀夫夫妻倆趕了出來。雖然小首哭著說想再多待一會兒，不過老丈人只是面露兇相怒視著。對於突然性情大變的老丈人，秀夫感到很陌生，同時也心生恐懼。有別於小首的憂慮不安，總覺得有一股不祥的預感。秀夫像是要甩掉那種不祥感般，將小首從後屋拉了出來。在把哭成淚人兒的小首帶回臥房，秀夫又替松八的房間多添了一件被褥。覺得給客人帶來了不便，秀夫愧疚得漲紅了臉，不過松八倒是很豪爽地回答：

「人生在世，總會碰上各種事兒嘛。總之這是幾年來老人家第一次開口，豈不是件好事嗎？您就別太擔憂了，好好休息吧。緊張感緩解之後，睏意就來了呢，呵呵。」

聽到松八說出這些善解人意的話，秀夫內心充滿了感謝。雖然起初自己有些不情願，但如今這麼看來，收留他住一宿果然是對的。要是只有年輕的夫妻倆在場，說不定會因為驚慌失措而釀成大禍。

回到房間後，秀夫讓和吉躺在兩人中間，和小首並肩躺著。小首用一雙濕潤卻耀眼的眼眸注視著秀夫。初次見面時，小首也用那樣的眼神望著秀夫。見到不到五歲的小丫頭半是羞澀半是惋惜的眼神，原本咬緊牙關的秀夫也咧嘴笑了。從那天之後，兩人便形影不離。

秀夫露出了笑容，小首的嘴角也揚起了微笑。漫長的冬夜悄悄地變深了，睡意如同無聲落下的白雪般，灑落在小首與秀夫的眼皮上頭。和吉輕喘的呼吸聲逐漸遠去，兩人沉浸在彼此觸摸不到的世界裏。

將秀夫從睡夢中喚醒的，是一股隱約可嗅聞的味道。刺鼻的煙味逐漸擴散到房內。就在秀夫心想這味道很熟悉的同時，心臟也劇烈地跳動著。

「著火了！」

松八猶如慘叫般的吶喊聲震動了整間屋子。小首彷彿碰到火苗般猛然起身，跑了出去。雖然秀夫內心想著要起身，要趕緊把火給滅掉，可是身體卻動彈不得。從睡夢中醒來的和吉嚎啕大哭，秀夫以雙手摀住了耳朵。

火苗在屋內四處飛舞。眾人一邊慘叫，一邊急著想將衣角上的火苗甩掉，後方有一根被火包圍的柱子應聲倒下。秀夫在冒出火苗的裏屋尋找著母親，可是卻不見她的蹤影。在火勢搖曳的走廊盡頭，從母親的房間裏走出的是那個女人，她那略為圓潤的面容已經樣貌模糊。就在火勢吞噬女人的瞬間，女人的身體撲倒了秀夫。秀夫就這麼失去了意識。

秀夫猛然睜開了眼睛，眼前一片明亮。松八控制住了後房的火勢，小首則投來充滿埋怨的眼神，但秀夫毫不理會，只是大步走進房內。老丈人打翻了水，像燃燒殆盡的火柴般躺在地上。秀夫不由分說地一把抓起老丈人的領口。

「你在做什麼？」

雖然小首和松八吃驚大喊，秀夫卻充耳不聞，他那股懾人的氣勢不單單是松八，就連小首也是初次見到。唯一沒有因這殺氣而受到驚嚇的，就只有命在旦夕的老丈人。他那連眉毛也遭火舌吞噬的凶惡臉龐，甚至還隱約透出一抹笑意。抓住老丈人領口的秀夫雙手不停打顫。

「是你……對吧？」

老丈人很沉著冷靜。

「終究還是走到了這一步哪。我的運氣也用完了嗎？呵呵。既然事已至此，我就全說出來，所以你放開手吧。」

秀夫的雙手無力地放下。屋外的風呼嘯吹著，火勢熄滅的漆黑房間內如同墳墓般陰冷詭譎。

「十六年了，秀夫。」

彷彿黏附煤灰般的嘶啞聲打破了冰冷的死寂。秀夫的雙肩不住地顫抖，而老丈人的嗓音像是要踐住那對肩膀般，繼續說了下去。

「那一天下起了秋雨。因為許久沒見世面，加上是第一次來到江戶，所以我有些手忙腳亂，就算早晨、中午已餓了兩餐也不覺得飢餓。直到我嗅聞到雨中瀰漫的天婦羅香氣，才開始感到飢腸轆轆。於是我走進了店裏，在那兒遇見了御鈴，也就是小首的母親。若和先前費盡千辛萬苦的尋人過程相比，這次的相遇簡直偶然得令人洩氣。

御鈴的臉像是見到了夜叉似的，不過她並沒有逃跑。她是個很懂得察言觀色的女人，在我開口追問之前，她就乖乖地報上自己的住處，說工作結束之後就會回去。我見她揹著一個和我身高相仿的巨大箱子，於是問她那是什麼。她說自己在當貸本屋，會挨家挨戶地拜訪，把書借給別人。就算聽了說明，像我這種人自然也不可能會懂，因為我從來就沒見過書這玩意。

御鈴冷笑了一聲，瞬間我徹底感受到這四年來的空白。雖然感到不快，但我並沒有和她硬碰硬，因為離開八丈島[27]的時候，我便下定了決心，從今以後要誠實做人，要好好地當小首的父親。

御鈴並不相信，以挖苦的口吻說：『我看你是流放生活過到走火入魔了吧？』之類的話。這也是先前的御玲不可能會說的話，但我依然按捺了下來。在都會討生活長達四年之久的女

---

27 位於東京都東南方的島嶼，江戶時代為罪犯的流放之地。

人，當然會和先前有所不同了，我對自己這樣說。總而言之，為了展開全新的生活，我需要有御鈴和小首在身邊。

但是我看到小首之後，實在完全無法忍受。孩子窩在骯髒無比的公寓角落、散發出臭水溝氣味的房裏，吸吮自己的腳玩耍。她身穿髒兮兮的破舊衣服，頭髮凌亂，也不知道是不是從來沒洗過澡，滿身的餿臭味。但我喊一聲：『小首』，她便衝著我笑。雖然她不可能對自己的父親有記憶，但打從一開始她就跟在我後頭跑。這真是件令人感激的事啊。

我替孩子洗過澡，打掃完汙穢凌亂的房間，也買了晚餐來吃，接著小睡了一下，醒來時看見御鈴全身散發酒氣地坐著。我頓時火氣上來，追問她說孩子怎麼變成這副模樣，結果她好整以暇地回答：『反正之前供她吃穿的可是我。』換作是之前，我老早就出手打她了。但怎麼說呢？我無法那樣做。或許是因為太久沒相見，所以感覺不能隨便動手。

我努力地平復心情，然後說了，我不能讓小首住在這種地方，和我一塊回故鄉好好生活吧。如果不願意回到故鄉，那我會負責工作。別擔心錢的問題，從現在開始只要好好撫養孩子就行了。起初一聲不吭的御鈴，這時似乎也開始動搖了。御玲說，雖然她不想回到故鄉，但也不想繼續這樣過活，貸本屋的工作也做不下去了。一想到小首，她就覺得很心痛。她邊說邊啜泣，但自始至終都沒說要和我一起生活。雖然我感到萬分失望，但下定決心要再加把勁，畢竟對小首母女來說，我曾是個天大的罪人。

天一破曉，我就出門去找工作。雖然只是打打零工，但收入倒是相當優渥。也多虧於此，我們終於能搬到沒有臭水溝味的房間。就在我能一肩擔負起生計與照顧小首的責任後，起初對此反感的御鈴也沒有再說二話，我們也自然而然地住在一個屋簷下。我認為我們再次變成了一家人，但御鈴卻不肯對我敞開心房。我曾經在睡夢中摸索她的嬌軀，結果她直接走出了家門，整整兩日都沒有回來。我一時上火，甩了她一巴掌，但她眼睛眨都沒眨，直盯著我，臉上沒有絲毫懼怕，反倒是我膽怯了起來。我看著像是被鬼附身一樣可怕的她，心中害怕不已。這絕不僅僅是歲月造成的鴻溝，肯定還有其他理由。但我並不想知道，不想去確認一切已然改變的事實，一心只想相信，只要這樣繼續過活，終有一天御鈴會恢復成過往的模樣。

但御鈴越來越恣意妄為，她不再做飯或打掃，也鮮少陪小首玩，只是一味呆坐著，或者整個人沉浸在書本之中。儘管如此，我還是忍了下來……但在我知道箇中緣由之後，再也無法忍耐……

在我們一塊生活後不久，我承接了建造布襪店倉庫的工作。店主人很精明幹練，自然不是會把事情交給領班，等著賠掉本錢的人。雖然店鋪因此快速成長，但對於受雇的下人來說無疑是件苦差事。失火時沒人擔憂主人的安危，也許就是因為如此吧。找我去幫忙的木工經常說主人的壞話，因為店主人幾乎天天到現場巡視，所以根本不可能弄走老舊資材或謊報施工費用。只是做粗活的我壓根無所謂，貪汙的錢也不會跑到我手上，只要能按時領取工錢就夠了。布襪店的主人算帳一清二楚，這點令我很滿意，而且也不會擺架子。看到和我年紀相仿的同輩做事老練，我甚至還產生了一股敬意。或許是這樣吧，他好像也注意到我的存在，偶爾對上眼神時，還會向我打招呼並問我：『工作還過得去吧？』

那天格外嚴寒。吃完裏屋端出來的清湯後，由我將空水壺拿回去歸還。因為沒見到下女們的人影，不知不覺地就走進了裏屋，然後不知從哪傳出了女人咯咯笑的聲音。我不免一陣春心蕩漾，於是往聲音傳出的方向走近，看到女人們在房裏竊笑著。一個聲音撒嬌地說：『真的好過分喔。』然後出乎意外地，反駁說出『大概是不懂女人吧』的人竟是御鈴。雖然我從來沒聽過御鈴那樣撒嬌過，所以心中感到有些不舒坦，但我很肯定那就是御鈴。果不其然，走廊上擺放著御鈴平時穿著走動、表面嚴重磨損的木屐。我低聲地詢問正在走進裏屋的下女，結果下女大聲嚷嚷：『貸本屋來了，所以夫人正在看書呢。』我擔心會被發現，連忙跑了出來。不過後來仔細想想，房間內的兩人似乎也受到不小的驚嚇，因為房間內突然變得鴉雀無聲。

那天晚上，我試探性地詢問御鈴平時都進出哪些人家，她每戶人家都說了，唯獨就少了布襪店。我心生狐疑，於是開始進行調查，發現御鈴每隔四、五天就會出現在店裏，就連下女都滿臉不高興地說她來得很頻繁。這時，我就會找各種理由進入裏屋觀察動靜。只要御鈴一來，女主人就會迫不及待地把她叫到房裏。女主人和御鈴不同，是個看起來很弱不禁風的女人，平時總是悄無聲息，不過一旦御鈴來了，她就會用纖細的嗓音要下女們去做這做那的。御鈴在那女人的房間待了許久，我聽見她們一來一往的對話聲，一會兒說起書中的故事，一會兒說畫作怎麼樣，喜不喜歡之類的。

某一天，御鈴讀童書給那戶人家年幼的兒子聽，而女主人枕著御鈴的膝蓋躺著。我從敞開的門縫見到那幅情景，剎時就明白了，附身在御鈴身上的是什麼鬼。但鬼可不只有一個。幾天過後，主人叫進入裏屋的御鈴出來，帶到店鋪後方的別館。我躡手躡腳地跟上去，果然不出我所料，御鈴和男主人有不正常的關係。

我的眼前頓時一片漆黑，想起了在故鄉時的御鈴——既樸實又單純，像男孩子般朝氣蓬勃，但只要我說話凶狠點，馬上又像是要哭出來似的。她為什麼會變成這副模樣呢？雖然這也得怪我拋棄了她，但我認為這並不是全部，一定有其他原因，更重大的原因。

我將御鈴平時揹著的書本拿出來看。雖然只能勉強唸出平假名，不過我隨即就看出那些書才是真正的鬼。儘管過去我總在漆黑的夜路上行走，每天在外迎著清晨的露珠過日子，但就在看到那些書的瞬間，我的臉馬上就漲紅了。我能猜測到，在我不在的這段時間，是什麼填補了御鈴的心。然而御鈴完全置若罔聞，還對我說，像你這種只知道拳打腳踢的男人懂什麼？你懂什麼叫做宛如櫻花般若有似無的愛嗎？她目不轉睛地注視我，像是吐口水般，忿忿不平地吐出這些話語。那時我心想，這事必須有個了結，畢竟御鈴之所以被妖魔鬼怪迷惑，其中也有我的責任。

事情發生之前，我暗地偷偷繳交了房租，向鄰居說我們一家三口要回故鄉去。因為原本進出公寓的人就很多，所以也沒人刻意追問。那天清晨，我故意向御鈴透露了一點口風，說有位在布襪店工作的朋友提及那家的女主人好像生了大病，生病的女人真是惹人厭之類的。聽了這話之後，御鈴果然變得如坐針氈。

我將小首帶到旅館去，然後到店裏去見布襪店男主人。我當然是推託故鄉有事，所以必須回去一趟。然後就在男主人替我結算工資時，我說了一句話。

『請您小心貸本屋。』

主人把我叫到角落去問話，而我只回答說請他讓夫人和貸本屋兩人獨處，暗中觀察便知。走出店鋪後不久，我看到裏屋的下女們都到店裏幫忙，心想果然一切都如我的計劃進行。

看到御鈴走進屋內後，我躲進了倉庫。在我縱火並跳進裏屋時，悲劇早已發生了。男主人的雙臂無力下垂、全身不住顫抖，眼前躺著一名衣服褪去一半的女人——是女主人，她似乎是被掐死的。那時御鈴冷不防地撲向男人，手上握了一把刀，發狂似的大喊並朝男人刺去。我當然是在一旁觀看兩人大打出手啦。既然我的事情已經辦完，所以也只需要隔岸觀火就行了。大約在此時，店鋪那邊傳來了尖叫聲，火勢開始快速蔓延，但是房內渾身是血的兩人只顧著打鬥，什麼也不知道。最後當御鈴的刀子打倒男人時，火苗已經蔓延到裏屋。御鈴這時才發現了我，我手握著火的木柴走近，御鈴的臉緩緩地糾結扭曲。

『是你……？』

『沒錯，是我。』

御玲癱坐在地上，我將木柴扔向房內四散的書堆上。不過一眨眼的時間，火苗就四竄開來。

『清理髒東西時，用火再好不過了！』

我關上了房門。雖然御玲試圖想打開，卻改變不了任何事。屋內剎時變成一片火海，所以我急著想趕緊離開。可是啊，你這小子卻跑來了，四處都著火了，還毫無畏懼地跑來找媽媽。在變成一團火球的御玲撲過來之前，我辛苦地把你給帶回來了。那場火災比我想像的更為嚴重，有三人燒成了灰燼，聽說還有另外兩人死了。

我原本沒打算帶你走，可是看你什麼都不記得了，就連自己是誰、父母是誰、家在哪裏都毫無所知。我對此感到既感激又愧疚，所以才帶走了你，覺得小首有個哥哥也不壞。知道你們心儀彼此時也很高興，就好像是自己的罪孽減輕了。小首懷上和吉時，我心想這下事情總算結束了。我要你們把孩子命名為和吉。說這句話時，我的心也七上八下跳個不停，可是你這小子渾然不知那是自己的名字。從那天之後，我便閉上了嘴巴。或許是不想再造更多的罪孽吧，我只想在來日不多的人生中靜靜地消失。可是，眼看著一切都將結束了，卻發生了這種事。那該死的貸本屋又成了個禍端哪。終究我又得再度開口，又得再一次點燃火苗。儘管如此，總之一切結束了，火呢……是啊，最適合用來除掉髒東西了！是吧，秀夫？不，和吉！」

松八的雙頰感覺到一陣寒意。以為雪要停歇了，結果又下起鵝毛大雪。如果沿著這條白雪遍布的路走到江戶，眼下是刻不容緩。松八才剛邁開步伐，家中就傳出了像是想壓抑住內心波濤洶湧的抽噎聲。一想到那名不諳世事的鄉下男子，松八便不由自主地打起哆嗦。雖然對那人來說是極其不幸的遭遇，但對松八而言，這是個千載難逢的機會。最近他越來越憂心，這年邁體衰的身體能承受書的重量到什麼時候，可是沒想到會在這前不著村、後不著店又是偶然找上的人家碰上這等事。松八趕緊加快了腳步。想到餘生再也不用揹著別人的書，而是能寫屬於自己的一本書，內心不由得澎拜不已。儘管背後哀慟的哭聲漸次響亮，松八的步伐仍踩在每一步都會深陷其中的雪地上，奮力地前進。

彷彿要淹沒那陣哭聲似的，大雪以驚人的氣勢傾瀉而下。無止境的雪逐一抹去了世界上的痕跡，使世界恢復為空無一物的純白。雲層間的微弱光線失去了蹤影，漫天白雪重重地覆蓋了一切。

故事中的故事

行走的租書店「貸本屋」

《聽聞》是以日本江戶時代（一六〇三～一八六七）盛行的租書商「貸本屋」為素材所創作的小說。

江戶時代，又名德川幕府時代，當時政治穩定，也是商品貨幣經濟和多元文化發達的時期。名為「浮世繪」的作品被製作為版畫，受到大眾的喜愛；搭配插畫的通俗小說也相當流行，使得出版業大幅成長。當時，江戶的出版社會與知名作家聯手出版包括人情本在內的各種小說，而將這些書傳達到讀者手中的即是貸本屋。

貸本屋是揹著書四處走動的租書業者，這些人出沒於江戶（現今的東京）、京都、大阪等各城市，主要經營通俗小說、兒童繪本等類型的書籍業務。貸本屋不光是出借書籍而已，還會將讀者的反應傳達給出版社和作家，讓他們更改書的內容或者出版能賺錢的作品。若從這種角度來看，貸本屋可說是兼具了編輯的角色。

不過，當時女性的貸本屋似乎有賣身的現象，一七四一年《役者懷中歷》刊載的女性貸本書插畫上的說明「賣春的租書商」即是證據。

總之，貸本屋的活躍反映了當時通俗小說的高人氣。不過，在一八四一年實施天保改革，禁止奢侈和管制風俗之後，出版界也因此面臨了危機。書籍公會和地本（江戶時代出版的書）公會全數遭到解散，以人情本的元祖自居的為永春水、柳亭種彥等知名作家受到處罰，小說創作與出版也因此大幅萎縮。另一方面，也有出版社主打露骨的商業主義路線，藉機抄襲暢銷書或出版類似的作品。此外，善於抄襲與拼湊的三流作家也跟著氣焰高漲。

在這種時代變遷之下，為出版界與貸本屋帶來了變化。進入一八八〇年之後，以煽情事件或演藝界消息為主的小新聞備受歡迎。當時的小新聞，有許多例子是先發表連載作品，之後再以小說的形式出版，其中也有不少像《高橋お伝（Takahashi Oden）野史物語》一樣，將實際殺人事件改編成故事的作品。

在這種具有競爭力的小說出版的同時，過去租書店主要經營的木版本也逐漸為價廉的印刷版所取代。插畫的品質變得低落，胡亂揮毫的粗劣插畫四處氾濫，讀者們也自然而然地開始尋求以文字為主的書。如此這般，隨著搭配插畫的高價木版本被價廉的印刷版所取代，書店也隨之增加。在這個過程中，原先風靡江戶時代的貸本屋也在歷史舞台上消失了。

在此要提一項特殊之處，租書業在朝鮮與日本都曾風行一時，不過中國的印刷業與出版業很早就發展，所以租書業並未引起很大的迴響。中國的租書業反倒是在出版業最為蓬勃的十九世紀才登場，但主要是以中下階層的市民為對象，出借的也是品質低劣的小說，因此在規模或比重上都微不足道，對出版文化的影響也無足輕重。

活著的圖書館

睽違一個半月，船隻總算拋錨停泊。陸地氣味不斷地誘惑船員往前走，在他們腳下老舊不堪的天橋發出了悲鳴聲。船尾處傳來嘎吱嘎吱的聲響，接著一名男子出現，成了是最後一位走過天橋的人。地面要比海面晃動得更加厲害，男人沒走幾步，胃便一陣翻攪作嘔，就這麼癱坐在地上。興奮躁動的船員們將身上的灰塵抖落在男人身上，頭也不回地走掉了。

「醫生先生，沒事吧？」

男人勉強地對查看自己臉色的領航員擠出了笑容，而船員們不斷地催促領航員快走。想到要在陸地上度過美好的一夜，每位船員心裏都著急得很。一群身材豐腴的女人與眼明手快的小傢伙帶走了他們，剩下的幾名輪流拉起男人，然後吐了口唾液離開了。

就在喧騰吵鬧的碼頭變得如往常一樣無精打采之後，男人支起了身子，如同首次學走路的嬰孩般小心翼翼地跨出步伐。藥房位於巷子的拐彎處，男人喝下減緩暈眩的藥水後，從口袋中取出寫有藥品目錄的紙張。航行平穩順利，船員們都活像隻黃牛般強壯有力，只要有能讓傷口快速癒合的藥粉、治燙傷的虎油、乾淨的棉花和繃帶就足夠了。

走出店鋪外，陽光刺眼得令他睜不開眼睛。這次來到了一個陌生的村莊，男人怔怔地注視著藥房旁方才走過的路，以及尚未探索過的路。雖然熱氣已經消散了，但陽光依然在街道的各個角落逗留。藥房老闆望著男人背影，從店內走出來。

「陽光很舒服吧？」

「是呀。」

「去公園看看吧，那兒有活動。」

男人往公園走去。

來到公園時，天邊有一團淡紅色的氣息縈繞，入口寫著「第四十七屆市集慶典」的旗幟癱軟無力地飄揚，但是公園冷冷清清，絲毫不見節慶應有的熱鬧景象。經過兀自旋轉的迴轉木馬後，看見了兩名正在拆除帳篷的男子。

「慶典不辦了嗎？」

「該死，今天結束了。」

「有沒有能吃東西的地方呢？」

「往那邊去看看吧，應該還有營業的店家。」

經過三色堇花園後，出現了好幾個帳篷。男人在第一個攤位吃了帶有腥味的炸魚，在第二個攤位觀賞玻璃碗盤，然後在第三個攤位玩了娃娃射擊遊戲。總共二十個子彈，射中靶心的只有九發。

男人打著哈欠走過了第三個攤位，但走了兩步之後再度折返。男人猶豫了一會，然後走進了第三個攤位。帳篷前掛著的橘紅色旗幟飄揚著，上頭以黑色的字體寫著「活著的圖書館」。

雖然帳篷內充滿了嘈雜聲，卻只見一位老太太坐在入口前。見男人東張西望，於是老太太開口說道：

「第一次來嗎？一小時一枚金幣。」

接著她將破破爛爛的黑色帳簿推到男人面前，帳簿的第一頁寫著「活著的圖書館使用守則」。

一　書即是人。

二　出借一小時為一枚金幣，只能延長一次。
三　借出的書籍只能在閱覽室閱讀，不能外帶。
四　另外提供閱覽時所需的翻譯機，租借費用為一枚銀幣。
五　不可對書的內容表示不滿；無論在任何情況下，費用都不會歸還。
六　若有毀損書籍之情況，借書者必須負起民刑事責任。

打開帳簿後即是目錄。第一個項目是「看守」，下方以小字寫著「在監獄看守罪犯長達十七年，目前正在接受酒精成癮治療，可預約出借。」下一章則寫有「騙子——不得借給十二歲以下兒童。」

「這是什麼呢？」

「正如你看到的，借的是人書。」

「您說人是一本書？」

「是啊。」

「那要怎麼閱讀？用聊天的方式嗎？」

「嘖嘖，要真好奇的話就借書吧，不管你問什麼都會回答你的。不過因為今天是最後一天啦，沒什麼書可借呢。銀行竊盜犯已經借出了，魔術師也是，嗯，戴綠帽的丈夫也已經借出了呢，剩下的只有破戒僧、性成癮者和替罪羊了。」

此時一位青年走了進來，扔下一枚金幣之後，借走了性成癮者。青年的身影消失在帳篷之後，可以聽見後方傳來唧唧喳喳的說話聲。

「你打算怎麼辦？」

男人拿出了一枚金幣。

「那我就借替罪羊吧。」

「走進那邊尾端的房間就行了。」

男人的腦海中浮現了細毛濃密的綿羊，同時掀起了帳篷。小桌前坐著一名戴著面紗的女人，她的顴骨突出，露出飢腸轆轆的表情迎接男人。斑駁的小桌上放了一個巨大的沙漏，在男人就座的同時，女人將沙漏倒了過來。沙子開始嘩啦往下灑落。

走出帳篷時，外面一片漆黑，除了活著的圖書館之外，剩下的攤位已經全打烊了。晚間的風很涼，男人整了整領子。此時公園內響起了音樂聲。

「現在是所有人該離去的時間了，雖然無法約定再次相見的日子，但海鷗終究不會離開海洋。現在是所有人該離去的時間……」

那歌聲宛如口哨聲，黑暗中一陣刺鼻的香氣飄來——許久前離開的家鄉後山的馨香；深夜從病房走出來時，落在疲憊肩膀上的香氣。男人的步伐踩過了月光下的白花。

起初先是出現了沒有腮的魚類，接著是如魚類尾鰭般雙腿相連的孩子誕生，長角的豬，有兩顆頭的牛，以形如耙子的四肢蹣跚走路的馬兒互相交配。在傳聞還沒散開之前，人們就一一倒下了。原本醫院清閒到手術刀都快生鏽，卻忽然湧進了許多患者，膿血如江水般流淌而下，金庫的錢財堆成了一座山。可是男人沒有時間為這得來不易的成功感到高興，因為他那佈滿血絲的紅眼睛必須時時守著手術室。男人已有二十一天無法脫下手術袍了，身上的血腥味要比汗水味更加濃厚。

最後男人受不了，走到了外頭，發現河口村莊沒有任何健康無恙的人。當男人進入村莊時，咕嚕冒泡的河水散發出橡膠燒焦的氣味，如雲朵般的煙霧從高聳巨大的煙囪排出，一朵朵往上飄。男人的父親就站在煙囪下方，他握住兒子的手喃喃低語：「就這麼一次，睜一隻眼、閉一隻眼吧。我工作了三十年，往後想將骸骨埋在這座養育你及七個兄弟長大的工廠。」見男人沒有回答，他牽起兒子的手，再次說道：

「你看那邊，猶如天使般的白色煙霧。」

那極不真實的白色煙霧往晴空萬里的天空飄去。男人癱軟無力地回到家中，頂著大肚子的妻子握住了男人的手。就這麼閉上眼睛一次吧。男人的手掌心感受到了如氣球般鼓起的腹部內的胎動。

如今醫院變成了葬禮會場，一堆屍體整齊堆放在失去作用的手術室裏。放下手術刀的雙手，堆得像山一樣高的鈔票都瀰漫著血味。在一個即便雙眼已佈滿血絲，但眼皮依然無法闔上的日子，男人在無人知曉的情況下離開了家。為了將一切恢復原狀，他必須做一件事。他的嘴上反覆地低語，只要走一步、說一句話就能扭轉局面，然後往城市前進。

跑來找男人的陌生人如江水般絡繹不絕，每次男人都會反覆說著同一句話。一次、兩次、三次。公雞長鳴了一聲。密告與悖倫的圈套冷不防地套住了男人，戴著生鏽勳章，男人不得不回到故鄉。這些陌生人在他背後高聲吶喊，點燃火把，全數湧了上來。他們讓男人走在前頭，從醫院走到河口，再沿著河水湧入工廠。而村民透過窗戶的縫隙，將這一切看在眼裏。

過了一會兒，高聳巨大的煙囪冷卻了下來。街道上空無一人，唯有人心惶惶的傳聞從牆的這頭越過了那頭。妻子生下死胎的那個夜晚，父親的屍體沿河水漂流而下，醫院剎時變得空蕩蕩的，知情的人與不知情的人全都朝男人扔擲石子。

儘管死亡是命運注定，但告密是一種罪惡。男人的額頭上被蓋上了凶兆的烙印，這一切都是因為男人的緣故。在男人的醫院進駐之前，從來沒有出現長角的豬、無腦的胎兒，人們唾沫橫飛地說著。七個兄弟將男人驅逐的那天，最後一根椽木在男人的背後坍塌了。

「聽到這些，妳還說自己是替罪羊嗎？」

女人迴避視線，支支吾吾的。就在男人的雙手拳頭緊握之際，女人關節粗大的手指向沙漏。

「時間到了。」

男人掀開帳幕，走了出去，接著猛然回過頭來。女人雙唇緊閉，也闔上了眼睛。男人看見她的雙眼不停打顫。起初搭上船時，他也曾經那樣雙眼緊閉，將陸地拋在腦後。男人的身子踉蹌了一下。

「沒事吧？」

老太太濁黃的眼睛銳利地注視著男人。男人打直了膝蓋，點了點頭。

「好久沒讀書了，有點兒累呢。」

走出帳篷後，花瓣簌簌飄落。遠處船笛嘟嘟鳴響，山麓與在原野遊蕩的羊群似乎成天在呼喚彼此似的。男人大口吸了一口氣，洋槐的芳香擴及全身。肚子感到飢腸轆轆，男人朝著燈火通明的街道大步走去。是時候回家了。

故事中的故事

人，即是會說話的歷史書

《活著的圖書館》的靈感，是來自起源於丹麥，後來獲得全世界迴響的「真人圖書館」（Human Library）。

其實「人即是書」的想法源遠流長，大家都很熟悉，但細究的話，其意義可分成幾種。

第一，就像是看手相或身體症狀般，將人的身體本身視為一種文字訊息來閱讀。實際上，在閱讀歷史上最先登場的文字即是人。人類閱讀人的身體，閱讀天空的星辰，閱讀大自然的各種現象，然後創造出象徵，培養出解析的能力。

第二，以傳遞故事的媒介來說，人與書本扮演著相同的角色。這可以分成兩種來看。

其一是口傳。在紀錄文化尚不發達的階段，透過人的記憶與口傳來傳遞神話、歷史、民間傳說等，故事的傳達者就等同於是好幾本書。在非洲進行當地研究的人類學家表示，當一名老人離世時，就等於一個歷史消逝了。在用口傳而非文字來傳授歷史與傳統的部落文化中，人可以說就等同於書本。而在韓國，收集記錄盤索里（譯註：韓國傳統說唱藝術，源自十八世紀初期。）與民謠等，也和歷史是屬於相同脈絡。

另外一種指的是閱讀書本或背誦朗讀的人。在過去，由於書本很珍貴，能夠理解文字的人也很稀少，人們重視有聲語言勝過文字，因此一人在眾人面前朗讀書本內容的文化相形蓬勃。

據說希臘、羅馬的貴族會特地聘請專門朗讀書本的奴隸，當客人來訪或有想看的書本時，就叫奴隸來朗讀。同時，中世紀的歐洲大受歡迎的吟遊詩人（bard）之中，背下知名作品並朗誦的人也不在少數。在韓國，朝鮮時代的傳奇叟便是一例。傳奇叟是專門的朗讀者，也是活生生的書本。他們會完整默記整本書的內容，跑到熙熙攘攘的七牌（南大門附近的市場），在賣菸的店鋪之類的熱鬧處找好位置，為聚集的人潮大聲閱讀受歡迎的小說。

第三，一種作者等同於書的比喻。

馬基維利在寫給朋友維托里（Francesco Vettori）的信件中就曾寫道：「我在書房（與古代作家們）交談，詢問他們何以有那些舉動，而他們也親切地回答了我。」這便是將書的作者或書中人物比喻為活生生的人的例子。還有，當詩人海因里希・海涅（Heinrich Heine）說出「焚書的行為與放火燒人無異」時，也蘊含著這樣的觀點——人是人類的靈魂，是人類本性的表現，與人本身是相同的。

最後，是將人的一生看作是一本書，就像有人說：「我的人生應可寫成一本書。」而此作品的靈感便是將「真人圖書館」的觀點擴大發展而成。

「真人圖書館」，又有「活著的圖書館」之稱，是丹麥一位社會運動家羅尼・艾柏格（Ronni Abergel）所發起的一項運動。起初是在地區性的慶典把人當成書本一樣出借，好比說，你借了「吉普賽人」之後，和對方進行交談，時間一到就歸還回去。這個把人當成書本般出借，透過對話來閱讀「真人之書」的構想獲得了許多人的響應，二〇〇八年四月倫敦的一間飯店內就創立了一間「真人圖書館」，出借同性戀者、男保姆、伊斯蘭信徒等十五「本」活人之書，而在三十分鐘內出借並閱讀這些書的人都表白，他們因此打破了原先持有的偏見。因為具有這種正面的功能，所以據說現在除了韓國之外，歐洲、亞洲、美洲、非洲、大洋洲等世界各地均有常設或非常設的真人圖書館。（詳情可見 http://humanlibrary.org）

春夢

再沒多久就要歸國了，因此我感到焦急萬分。在此停留的兩年期間，一有空暇我就會到書販那兒逛逛，收集典籍。可是中國這個國家廣袤無邊，而我所擁有的兩年時間實在太短了。再說了，不過幾個月前，我才和藏書閣牽上線！

真令人汗顏呀，我是在前年才第一次聽說藏書閣。三百年前流傳下來的藏書閣是中國規模最大的私設圖書館，而它就位於我所管轄的區域。將藏書閣的存在告訴我的麗茲小姐得意洋洋地說：

「您看吧，就連身為歐洲一流愛書人士的您也不曉得藏書閣呢！雖然我們都說中國尚未開化，可是實際上對這個國家根本一無所知，因此就別像個輕率的老師般說教了，趕緊離開這個國家吧。」

我並不想看到美麗動人的麗茲小姐口中說出一大串政治批判。

「我真是羞愧得無地自容啊。能請妳替愚昧的我多說說關於藏書閣的事情嗎？開導無知之人也是知識份子的義務呀。」

麗茲小姐噗哧地笑了出來。雖然她性子急躁，但同時也擁有非常寬宏大量的品性。

「真拿您的一番花言巧語沒法子呢。好，那我就把知道的告訴您吧。藏書閣是明朝知名的愛書狂范氏所設立的個人圖書館，雖然身為貴族，但范氏似乎對官職無啥大志，令他傾心的就只有書。他是個認真好學的讀書家，也是個勤奮不懈的探險家，只要書一拿到手上，就會從頭到尾讀完，一丁點細節也不放過；若是為了珍貴的資料，無論再險惡的路他也在所不辭。隨著藏書量逐漸增加，他在後院興建了書齋保管書籍，直到他離開人世之前，藏書量超越了六萬冊。聽說在范氏臨死前，曾經將子嗣叫來，要他們從藏書閣與現金三十萬兩中選擇一個。幸虧長子放棄了錢財，選擇了藏書閣，范氏也才能安心撒手人寰。藏書閣就這樣流傳了三百年，成為中國首屈一指的圖書館，而且其中有許多就連王室圖書館都沒有的藏書，因此皇帝還親自要求出借呢，噗哈哈！」

麗茲小姐突然哈哈大笑，而我則呆望著笑到全身抖動不停的她。

「啊、啊，抱歉！因為您的表情太好笑了。因為，看到您張大嘴巴聽我說話，所以忍不住一直想笑呢。我還是第一次見到那麼認真的表情，哈哈！」

雖然有些難為情，但我並沒有感到心情惡劣，因為她的故事令我聽得如癡如醉，簡直都要起雞皮疙瘩了，因此即便她取笑我是傻瓜也能欣然接受。靜待麗茲小姐拭去眼角的淚水、心情平復之後，累積在心中的疑問也一股腦地傾洩而出。

「噢，拜託到此為止！我可沒有足夠的知識能應付像您一般的愛書狂。不過，我要先告訴您，想進入藏書閣一探究竟，就如同駱駝想穿過針孔一般困難。不過要是憑您所擁有的權力就說不準了，好歹能進入范氏家中的後院吧？嘿嘿。」

「聽到這番話之後，我就更加好奇了。沒有能多了解藏書閣的方法嗎？以及取得那兒藏書的方法。」

麗茲小姐笑臉盈盈地凝視著我。

「您真是鍥而不捨呢，儘管那便是引領您來到這兒的原動力。呼，好吧，我就介紹王老給您認識吧。他也是個貪欲之人，足以與您的貪欲抗衡，想必能幫上忙。」

於是我認識了王老。

說起王老，稱得上是我見過最出色的生意人。我秉持著一股對文化藝術的高度熱情，過去見識過形形色色的收集商、骨董商與書商，而正如同賣刀的人不等同於殺人凶手，他們讓我了解到，販賣藝術之人也不等同於藝術家。而王老，再次令我深刻體悟到這點。他利用我對藏書閣的好奇心，在三個月內將能賣的東西都賣給了我。這中間我也運用我的權力前往藏書閣，但即便是在行政官員的執意要求下，范氏仍堅持不能向外地人公開藏書閣。最後，正如麗茲小姐所說的，我只在藏書閣所在的後院繞了一圈就回來了。書庫樸實雅致，前方各有一座蓮花池，整個後院顯得很清幽美麗。我懷著喜悅與痛苦交織的心情回到了家中。自從那天之後，我更加對王老死纏爛打了，而他只給了暗示，說是能將藏書閣的書籍弄到手，然後賣了一堆價廉質劣的骨董給我。

我對這一切感到厭倦，並深陷於愧疚之中，最後決心再也不和王老交易。可是就在那一天，王老將三本書裹在絲綢包袱裏帶來了。我一看就曉得，這些書先前受到了多麼無微不至的照料。

王老每過十天就會帶一次書來，不管是他或我，都對竊賊的事隻字不提。我只希望那不知是一名或是兩名的偷書賊能夠加緊腳步，能更快速地將更多、更為珍奇稀有的圖書取出，但王老總是只帶三四本書過來。最後我實在是心急了，於是有一天用近乎威脅的語氣問他：

「為什麼不多帶點書過來？如果想開我的玩笑，最好就此罷手。」

王老一臉的卑微，雙手握在一起。

「不是這樣的，沒這回事。小的當然想多賣一些啊，但總得小心行事，要是太過貪心，可是會招來麻煩的。」

「你該不會是想到處攀關係，藉此提高書價吧？我已經讓你大賺一筆了，沒有耐心再等下去。」

見到我有別於平時的態度，王老也一副受驚瑟縮的模樣。

接著過了三天，他第一次滿足了我的欲望，載了一個裝滿古文書的巨大書櫃上門。我從來都不曾對王老的物品如此滿意過，因為裏頭竟足足有五本令我朝思暮想的古代地理書籍！我同意了王老出的價格，而帶著狐疑表情、汗流浹背的王老收到款項之後，隨即露出烏黑的牙齒笑了。

「在您離開之前，小的會再來一趟。」

「務必要來。」

王老離去之後，我逐一檢視了書本的狀態，不管是書本或是裝在一塊的字畫都同等出色，只不過位於書櫃最下方的紅色絲綢卷軸，我怎麼看都看不出個所以然。有淡淡香氣繚繞的絲綢卷軸上寫著密密麻麻的字體，但並不是什麼漢字造詣高深或寫得特別好的字體。最關鍵的是卷軸本身，這花團錦簇的朱紅綢緞，若是用來做華麗的禮服還不好說，但完全不適合用來做書藝的布料，而渲染模糊的字跡也增添了我的疑懼。

最後，我在書桌上將卷軸攤開，逐字閱讀了上頭寫的文字。儘管查閱字典的時間比卷軸來得更多，但我並沒有停止閱讀，因為上頭寫的故事令人無法不讀下去。

我是錢繡芸。

至今已活了二十八個年頭，無子嗣，臥病在床多年。

昨日清晨，我正在梳理頭髮，結果落下了大把髮絲，而出嫁時娘給我的白檀木梳也應聲斷裂。於是，我明白了自己的死期將近。一打開窗戶，涼颼颼的風呼呼地吹了進來，剎時咳嗽不止。天色清藍，冷風颯颯，正如我初次躺下的那天一般。我心想，病了四個季節也該足夠了。我突然覺得想笑，可是咳嗽怎樣也不肯消停。

今日清晨，丫環拿了三朵凌霄花進來。凌晨時下了一陣短暫的雨，是那時掉落的。我將淡粉花瓣當成書籤夾進書頁。

「如此一來，花兒就不會凋謝了。」

可是，在花瓣完全乾枯之前，我還活在這世上嗎？丫環似乎也懷著相似的想法，迴避了我濕潤的眼睛。我猛然站起身，爬上了樓閣，呼吸變得急促起來，雙腿也不住打顫。風依舊寒冷刺骨。我倚靠梁柱，凝望西方，藏書閣的後院明州碑林巍峨縹緲。一年前的這時候，我正好就在那片樹林裏呢。思及此，我不禁露出了微笑。

我睜開雙眼，發現人在自己房裏，大概是馬氏大嬸揹我下來的吧。整理好被褥之後，我讓丫鬟拿來筆硯。丫鬟嚇得瞪大了眼睛，但仍拗不過主子的固執。我取出了去年秋季時到藏書閣時，生平就只穿了那麼一次的衣裳。見我拿起剪刀劃開衣裙，丫鬟便傷心地哭了起來，約莫是想著主子死期到了，所以神智不清了吧。雖然曉得丫鬟憂心忡忡，但聽到那哀戚的哭聲是種折磨，於是我讓丫鬟退下之後，提起了毛筆。墨水如鮮血般，滲進了朱紅色的絲綢。

我是個像男孩子般活潑好動的孩子，和一般女孩子不同，喜歡拿著毛筆揮毫更勝於玩偶，父母也認為那樣子的我很可愛。我喜歡作詩，經常和娘、哥哥一起寫和韻詩作樂，而爹總稱讚我詩寫得最為出色。爹是縣上的教諭（負責教育的官職），是一位宅心仁厚的師長，不僅學識淵博，即便能升上更高的官職，爹仍深愛著教職工作。他總說，哪裏還有比在故鄉守護聖賢教誨更有價值的事呢？

娘是一名大家閨秀，面容白皙，擁有一雙三寸金蓮。要是見到我和哥哥在家中蹦蹦跳跳的，就會瞪大眼睛說：「哎呀！看看你們是什麼樣子！」娘總是坐在相同的位置上讀書作畫。在我纏足的那一天，娘傷心落淚的樣子至今還歷歷在目。要是我哭鬧說腳疼，娘就會輕輕撫摸我的腳，說從前的故事給我聽。後來我讀了《史記》後大吃一驚，內容竟和娘的故事分毫不差。

從某一天開始，我不再蹦蹦跳跳，也不爬到樹上看西沉的夕陽了。我在娘的房裏讀書，娘稱讚我的聲音清朗響亮。我讀了娘的書、哥哥的書，最後連爹的書也讀完了。要取得新書並不容易，不過幸虧舅父出手幫忙。舅父在兩年前當上了縣太守，家中有許多在我們家中不曾見過的書籍。只要一有空閒，我就往舅父家跑，就連傳聞中李贄（譯註：明朝思想家、史學家與文學家，後遭理學迫害，被迫自刎。）的《焚書》也是在舅父家中閱讀的。舅母不喜歡我上他們家去，好像也討厭三個兒子在我身邊打轉，但舅父視我為己出，疼愛有加，對我說過好多次關於燕京書店街櫥窗的事。聽說，櫥窗內匯集了全天下的書本。每每聽到這個故事，我就會心臟跳個不停。為何世界這麼大，我卻偏偏出生在江南這個鄉下地方呢？只要一想起書店櫥窗，就不免覺得自己身世淒涼。

有一天，舅父聽見我的嘆息聲，於是詢問我怎麼了。我一怪罪起那無情的命運，舅父便仰天大笑。

「哈哈，在我們這個小地方有個連皇帝都欣羨不已的藏書閣呢！」

那是我第一次聽說藏書閣這個地方，聽說足足有四棟的書庫裏收藏了三十萬本圖書。竟有三十萬本，真是難以想像。我吵著要舅父帶我去藏書閣看看，但舅父說那兒嚴禁外人進入。

「誰敢違抗太守之命呢？」

「太守算不上什麼，只要是為了守護藏書閣，就是皇帝來了，范氏一家也會反抗到底。」

聽說他們是會為書本賭上性命的人。我每晚都會做夢，夢見自己踏入書本堆到天花板上的藏書閣時，如高塔般聳立的書堆坍塌，朝我頭上掉落下來。相同的夢，我一共做了三次。我向父母說道：

「我要嫁到范氏家去。」

父母嚇了一大跳，舅父全家人也大驚失色。雖然舅母拍手贊成此事，但其他家人都憂心忡忡。爹對范氏一家敬而遠之。

「做人應講求仁義，怎麼以書本為根本呢？妳不能和本末倒置的人家成親！」

舅父也出面阻攔。

「婚是要和人結的，不能為了書本而成親。」

表哥也加以勸阻。

「范家的男人全是書蟲，妳務必三思。」

聽到消息之後，哥哥也從燕京捎來了信。

「我在這兒看到許多人因為文章而毀掉了人生，妳一定要深思熟慮。」

我則回了信。

「聖賢說過，初心即是本心。」

在所有人哄我、安撫我的同時，舅母已經去打聽了范家的情況，很可惜的是，宗家沒有適婚年齡的男子，旁系倒是有一名二十二歲的男子。舅母派了媒婆上門，而我是個執拗的孩子。父母很後悔沒早點挫挫我的銳氣。

十九歲的初夏，我與相公成了親。初夜時，我詢問了有關藏書閣的事。

「我從來沒去過，只在後院玩耍過，但沒進入書庫。」

我既吃驚又失望，相公也感到很詫異，竟然會有對書感興趣的新娘！

出嫁時，我帶了五十餘冊的書過來，除了爹堅持要放入的《女誡》和《女論語》之外，其他全是我平時就很喜愛的《詩經》、《左傳》、《說文解字》等古書，以及《列朝詩集》、《唐詩選》等作品。相公看到書本有著明顯的使用痕跡，詫異地說：「果然嫁妝很符合教諭的風格！」聽到那些全是我讀過的書本，他更加錯愕了，並且露出了戒備的神情。

不過相公是個生性善良、寬宏大度之人，若是在閱讀古文時碰到不懂的地方，就會毫不遲疑地向我請教，並認為我的文筆要比針線活手藝出色是件值得高興的事。只不過婆家長輩們認為女子無才便是德，自然對喜愛讀書勝過家務事的我感到不滿意了。幸虧那年冬天我懷上了兒子，因此才免於在婆家受苦。

到了新年，婆家要上宗家去拜年，而我一想到終於能上藏書閣一探究竟，心中便悸動不已，但婆婆卻不允許有身孕的我出門。為了失望的我，相公將能遠遠看到藏書閣的別館讓給了我；打從那天開始，我再也沒離開那個地方。

我生下的孩子不到一年就夭折了，隔年第二個孩子流產，我與相公依舊沒有子嗣。我在別館度日，而相公一個月只會露臉三、四回。我在冷清寂靜的別館埋首閱讀舅父寄來的《九章算術》與《緝古算經》[28]，算術幫助我梳理了雜亂的思緒。

就在此時，我長久以來的願望終於實現了。新年來臨，我們前往了宗家，但宗家人來人往，丈夫似乎連個座位都找不到。相公冷不防地看著我，詢問：「妳至今還掛念著藏書閣嗎？」相公與我一塊走進了藏書閣所在的遼闊後院。在樹葉稀疏的矮樹之間，能看到素樸簡約的書齋，具有雅致之美的建物令人心生嚮往。相公凝望著冰霜擱淺的蓮花池，說道：「我在這個家中什麼也不是，因此進不了藏書閣，不管是妳或我都一樣。」

從那天之後，我使出渾身解數做相公的賢內助。相公在鄉試合格之後便疏於讀書，因此我鼓勵他再去參加科舉考試，謀求官職。吃了一番苦頭之後，相公順利通過了會試，而我也讓乖巧聽話的妾過門，讓夫家得以傳宗接代。在一年之內，妾生下了兒子，相公也成了進士。過往的願望一一實現，大家紛紛嘉許說這全是我的功勞，因此雖然我感到身體疲憊不堪，心底倒是很平靜自在，只不過沒能看到藏書閣成了終生憾恨。就在一心盼著相公升官，能早日進入藏書閣之際，我已是心力交瘁、枯槁無力。

就在去年秋天，聽聞了一件令人吃驚的消息——藏書閣對外人開放了。

「那是誰呀？」

「南雷老師。」

相公喜不自勝地說，大學者黃宗羲[29]奉皇帝之命，前來調查藏書閣的書籍。

28 中國的數學書籍。《九章算術》是中國歷史最悠久的數學書，而《緝古算經》是唐朝王孝通所著。

29 南雷黃宗羲（一六一〇～一六九五）是明代東林黨的後輩，清朝時無意當官，一心鑽研學問。主張客觀歷史研究與記述當代史，並以系統性的哲學著述和制度改革方案著名，是清朝數一數二的學者。

「聽到自己沒能看上一眼的藏書閣向外人公開了，你是不是也感到不是滋味呢？」

「一點也不，能見到像黃宗義這樣的大學者，這可是千載難逢的機會，我有多麼開心啊！再說了，我一直都很看不慣把珍貴的書籍藏在書庫裏的作為，如果藏書閣的書籍能夠公諸於世，好好使用的話，這豈不是美事一樁嗎？」

「……」

秋高氣爽，藏書閣的大門打開了。在宗家人的注目之下，黃宗義走入了後院，恭敬地向等待已久的長老們鞠躬行禮。擁有鑰匙的五位長老分別打開了一道鎖，在走進藏書閣之前，黃宗義再度行了禮。如枯枝般瘦削的他無聲無息地走入書庫，接著背後的門關上了，莊嚴儀式也隨之結束，在場連一聲咳嗽聲也沒有。

我在樹木後方將一切看在眼裏，秋天的陽光很是刺眼。而後我回到了家中，可能是因為許久沒在外頭吹風，受了風寒，全身感到發冷。

在我臥病多日的時候，舅父寄來了書，是王貞儀[30]的著作《女蒙拾誦》。「再次站起來吧。」書中有一封簡短的信，我的胸口感到暖意陣陣，但是想要步上王貞儀之路，我所擁有的日子實在是少之又少。

「既然懷抱大丈夫的抱負與年輕人的才華，誰敢稱女人不是英雄！」

讀了她的詩之後，我不由得放聲大笑。不知是天生如此，抑或是所學不足，在我身上並沒有像她一樣的浩然之氣。我讀了一輩子的書，為了走入書之宮室而提心吊膽、戰戰兢兢，可最後就連這個心願都沒能實現。認真追究起來，這全是源自於我的愚昧，能享受讀書之樂也就足矣，為何還癡心妄想其他的呢？為何沒早些發現，這個心願自始至終就不可能在這塊土地上實現呢？

如今我明白了，比起寫作著書，自己對於擁有書籍本身有著更深切的欲望，但我並不打算怪罪自己懷抱了不該有的夢。冥府殿上點燃的柱香煙霧瀰漫了整個房間。倘若生原來就是一場夢，那麼死又何嘗不能是一場夢呢？我做了個夢，夢見自己走入了備受世人敬仰的藏書閣，嘲笑著懷抱愚昧夢想的自己，挖苦期待我有所作為的世界，一場短暫的春夢。

或許往後有人讀了這篇文章，得知一名丫頭以拙劣生澀的文筆讓藏書閣長久蒙羞，但仍期望君能想起那些玷汙了無數書本的書蠹，寬容大度地饒恕我。

錢繡芸臨死前筆

---

30 清朝的女性學者，不僅詩作出色，數學與天文方面的能力也很卓越，留下了《歷算簡存》、《地圓論》等著作。面對他人指責：「竟不好好專注於料理與針線活，根本是一名身處閨房的瘋子。」她仍不屈不撓，強調女性教育的重要性與男女在學問上的平等。此處雖然將錢繡芸刻劃為與黃宗羲同時代的人，但實際上比他晚了一百年，亦即活動於一七〇〇年代後半。

十天後我離開了中國，旅程一路都很順遂，我帶著令眾人驚艷的書籍一起平安回到了家中。一打開行李，便忙著告知大家我歸國的消息，以及整理在中國取得的資料，忙得不可開交。不知道大家是如何得知的，學界與社交人士陸續有人上門看我的中國藏書，授課邀請也接連不斷。受到如此熱情的款待，愉悅的心情自然不在話下。

但是，到了日暮時分，當我獨自坐在夜色漸暗的書房裏時，一股熟悉的芳香沁入了我的胸口，緩緩浸潤體內的香氣總會呼喚出一名女人，於是我紅著臉離開了書房。

大約過了半年多，某天麗茲小姐的信件抵達了，而我雙手顫抖地打開了信。她先是向我以及認識的人問好，然後提起了自己這段時間在中國東北部城市旅行，馬上就會回到俄羅斯。在信件的最末，她加上了「已經平安順利地安葬。」的簡短句子。

手握著信件，我出神地望向窗外，灰撲撲的雲朵往這兒聚攏。

麗茲小姐是位勇敢的女人。見到我無法輕易轉手，但要完璧歸趙困難度更高，於是她直視著我的眼睛。

「您曾經有過想要的書就在眼前，可是卻遲疑不決嗎？」

我瞬間紅了臉。一向心軟的麗茲小姐率先安慰了我。

「交給我吧，別擔心了。」

我將卷軸交給了她，那是我第一次放開已經到手的書。走到門前時，她回望著我，和我四目相交，接著大步走來，在我的臉頰上印上一吻，然後在雨中失去了蹤影。那是我最後一次見到她。遠處傳來了雷聲，我閉上了雙眼，腦海浮現了將朱紅絲綢卷軸抱在懷中、莞爾而笑的麗茲小姐。多虧了她，如今不管是錢繡芸或我都能安然入眠了。但睡眠能夠持續多久呢？沒有人說得準，沒有人。

故事中的故事
藏書家的個人圖書館

〈春夢〉的藏書閣原型來自於中國最大的個人圖書館「天一閣」。位於浙江省寧波市的天一閣，是由名叫范欽的人在一五六一到一五六六年所興建，是中國現存歷史最悠久的藏書庫。不僅僅是珍貴古書，愛書成癡的范欽更收集了各種地方誌、拓本、科舉及第者的名單等數萬本圖書，將它們收藏在天一閣。素有「明珠秘林」美稱的天一閣後院，有著從寧保市孔廟遷入的尊經閣，書庫前則挖了蓮花池以防止火災。或許是因為如此，數百年來天一閣從未發生過火災。為了妥善保存天一閣的藏書，范欽禁止出借書籍，且除了少數宗家男子之外，女人和外人一律禁止進出。

後來，在一百年後，也就是一六七三年，天一閣首次向外人黃宗羲敞開大門。奉康熙皇帝之命的黃宗羲在涉獵天一閣的藏書後，編撰了《天一閣藏書記》，再次確認了天一閣的名聲。然而隨著清朝末年政局動盪不安，天一閣也陷入了危險。一九一四年名叫薛繼渭的竊賊每天晚上從天一閣偷走了古書，甚至拿去賣給書商。幸虧天一閣沒有遭受更多的損失，延續了它的命脈，現今也被指定為國家文化遺產。

小說中出現的錢繡芸是真實的人物，自小就喜愛讀書，終生期盼能夠進入天一閣，但因為無法如願，所以甚至嫁到了那戶人家。然而天一閣的鑰匙是由宗家的長老們分別持有，天一閣一年也只有祭祀那天才開放一次。受到天一閣嚴格規定的阻礙，錢繡芸終究沒能完成心願就離開了世上。〈春夢〉便是從她令人不捨的故事中獲得靈感並加以創作的。

雖然范欽是如此，不過若看那些名留青史的知名藏書家，他們在保管、整理藏書上頭所耗費的力氣也不亞於收集書籍。古代具有代表性的藏書家亞里斯多德就為了有效管理藏書而制定了圖書分類法；根據西元前一世紀地理學家斯特拉波的說法，埃及王室圖書館也是依照此原則管理圖書。在圖書館文化開花結果的伊斯蘭世界也有一位著名的藏書家，那就是奧米亞王朝的哈克汗二世（Al-Hakam II，九六一～九七六在位），他動員國家的力量支援書籍的翻譯、分類和購買，用非常具有系統的方式來管理自己的藏書。他會在所有書本的首頁記錄作家的出生地、出生日期、出身家門、其他著作名稱等，同時在藏書目錄上寫下書籍資料和保管位置。儘管他那位於哥多華的圖書館已經不復存在，不過有「哥多華目錄」之稱的圖書目錄仍留存至今，哈克汗的藏書有多麼了不起，由此便可略知一二。

在歐洲，個人藏書家是在文藝復興時期出現，由匈牙利的馬加什一世（一四五八～一四九〇在位，拉丁名為Matthias Corvinus）率先拋磚引玉，他那用獨特方式裝幀保管的書籍獲得了「科維納藏書」的稱號並聞名於世。雖然因為國王猝死，導致科維納圖書館面臨危機，但多虧了對此感到惋惜的人們，圖書館才得以倖存，搖身變成歐洲最早的國立圖書館。然而一五二六年在蘇萊曼一世的侵略之下，大部分均遭到破壞，僅有極少數的書籍流傳下來。義大利的麥第奇家族與該家族出身的教宗利奧十世也是具代表性的愛書者，但他是因為將馬加什一世視為競爭對手，才熱衷於收集圖書。不過，比起這些收藏家，還有些人在書籍的歷史上更受到矚目。一八三一年，義大利革命家安東尼・潘尼茲（Anthony Panizzi）在流亡英國時，在大英博物館擔任圖書管理員助理，為圖書館的歷史帶來了革命性的變化。他打造了寫有作者名字、出版社、出版日、發行地、附錄小冊子出處與書架編號等資料的目錄卡，讓家境貧困的學生和一般民眾在使用圖書館上更為便利。多虧了這種保障讀者獨立性的圖書目錄，大英博物館才得以成為世界上首屈一指的圖書館，而潘尼茲也獲頒騎士爵位。

從另外一層意義來看，沃伯格圖書館也展現了愛書者所達成的豐碩成果。圖像學的創始者亞伯拉罕・M・沃伯格（Abraham

Moritz Warburg）是德國漢堡一位銀行家的長男，自小便喜愛讀書，後來更因「提供一輩子購書金」的條件，將繼承權讓給了弟弟。他以自己龐大的藏書量為基礎，打造了一座圖書館，但他採用的不是培根的「記憶（歷史）、理性（哲學）、想像（詩學）」的學問分類法，或結合認識論和數字體系的杜威十進分類法，而是使用「好鄰居原理」的獨特分類來管理藏書。比如說，哲學書放在占星術、魔法、民俗學的書籍旁，藝術與文學、宗教與哲學放在鄰近區域。沃伯格圖書館一共分為「行動、話語、意象、方針」四大分類，擁有十萬本圖書。一九二六年，圖書館向研究者開放，對文化研究做出了貢獻。由於德國受到納粹的統治，圖書館被遷移至倫敦，目前擁有三十萬本藏書，書籍排列也依舊沿用沃伯格的分類方式。

一名抄寫修道士的告解

主啊！因全能的祢才有了世上萬物。祢的創造物在此謙卑地向祢告解。卑微如泥塵的我向主告解我的罪孽，請慈悲的主赦免我內心的罪惡。我帶著對主的信念，在此向祢告解。

比阿爾法、奧米伽（譯註：分別為希臘第一個及最後一個字母。）等更早就存在的主啊！

正如同主知道我來自何處，祢也必然知曉，我飲著誰的乳水成長，牽著誰的手蹣跚學步，追尋誰的言論而高談闊論。然而愚昧如我，並不曉得在以這副罪孽深重的軀殼出生以前的人生，也對自己如何度過此生的前半段日子毫無頭緒。兒時的一切記憶在幽黑之中徹底凍結，使在漫長冬夜無法成眠的靈魂，陷入了更冰冷的苦悶。

我初始的記憶都是從別人那兒聽來的。據說在阿爾比十字軍[31]的刀刃橫掃而過、杳無人跡的森林之中，有個小男孩像個嬰兒般嚎啕大哭。那天，修道院的院長不顧所有人的反對，來到了死亡的氣味尚未消褪的殘酷現場。與異端毫無相干的院長，之所以在失火的村莊與荒蕪的森林四處走動，收拾屍體，並替死者禱告，僅僅是盡了身為主之僕人的使命。

真是不幸中的大幸啊，當時修道院院長在遍地屍體之間發現我落單哭泣的身影，毫不避諱地就收養了不知姓名年紀，也不知是否有父母和手足，備受歧視的我。啊，倘若不是那位的大恩大德，想必我也沒有機會接觸主的話語，早就成了狼群的盤中飧，永遠墜入死亡的深淵。此外，院長使我承蒙了極大的恩典，讓就連雜活也做不好的我拿起筆與書板，向我傳達了主的話語，這一切全是主的役工，以及修道院院長莫大的施予。

即便愚鈍如我，對之後的事情仍記憶鮮明。

一抵達修道院，院長便領我到廚房去。雖然我一直像個啞巴般閉口不說話，但以睿智洞悉一切的院長明白，我的肚腹就像我的靈魂般空無一物。廚房的伙夫一端出食物，我便將眾人的視線拋至腦後，狼吞虎嚥地吃了起來。院長與修道士均面帶笑容打算離開之際，我感受到一股未知的力量令我睜亮了眼睛，並且張開了嘴巴。

“cinerem tamguam panem manducabam et potum meum cum fleutu miscebam.”（我將灰燼當成

麵包吞食，我的飲料內摻了淚水。）

從我口中吐出的，是從廚房通往餐廳的門柱上刻的拉丁語句。剎時，不僅是其他人，就連我自己都像是與梅杜莎（譯註：希臘神話中的蛇髮女妖，只要與其對上眼神就會全身石化。）對上眼般，就這麼僵直在原地。我竟然會閱讀拉丁語！

你是怎麼懂得拉丁語的？是在哪裏學的？故鄉在哪？父母是誰？問題排山倒海而來，但我卻一個也答不上來。我才是那個想反問這些問題，想知道答案的人。是誰生下、養育、教導了我，還有他們現在怎麼了……在抑鬱難受的心情之下，我只能茫然地流下淚水。就像是聖靈如鴿子般降臨而後翩然離去一樣，那語句突然映入了我的眼簾。我無法說出，也不想說出，其實我也對自己向誰學習，又是如何獲得啟蒙的感到一頭霧水，只是對於忘卻一切的自己感到心寒與埋怨。

發生了就連我也無法解釋的事情之後，幾名修道士提出了質疑，而我遭到修道院驅逐也是必然的事。不過宅心仁厚的院長再次發揮了慈悲。他領我到宿舍前面，要我唸一唸那兒寫的語句。

31 十三世紀初，教廷認定當時盛行於歐洲的卡特里派（阿爾比派）為異端，為了討伐這些人而組成十字軍，稱為「阿爾比十字軍」。

"adiura me domine deus in bono proposite et sancto servitio tus et da mihi nunc hodie perfecte incipere."（主，請祢助我一臂之力。在祢良善的旨意與神聖的役工裏，讓今日的我有個全新的開始吧。）

我結結巴巴地把字句讀完，然後以跪姿痛哭失聲。每個字逐一走入我空洞的心靈，圍起了一道籬笆，讓我感受到未曾在他人身上獲得的慰藉。修道士對俯臥在地上哭泣的我心生憐憫，允許身為迷途羔羊的我在光之洗禮內生活，這如果不是主的恩典，那還會是什麼呢？

修道院院長很是欣喜，讓我擔任負責抄書室的修道士。自那天起，我成了見習的抄寫員兼修道士，在主裏面開始了嶄新的人生。

至今我還記憶猶新，當我走進修道院內院那個溫馨寧靜的房間時，眼前一片恍惚、心臟撲通跳著。監督抄書室的修道士要我閱讀、抄寫阿爾坤教父的話語，並且一字不漏地背下來。

「書寫神聖律法的言論以及眾教父偉大教誨之人將坐於此處，他將不會在言語中摻入自身輕佻的想法或遊手好閒。他會追求審慎校正的原本，手中握的羽毛筆也會走上正途。抄寫聖書之事優於種植葡萄樹，後者的肚子會飽食，前者的靈魂會長肉。」[32]

這些言語成了照亮我往後二十年人生的明燈，我又如何能猜想得到，往後我的內心會產生違逆之心呢？

回首從前，那個時期的我，在宛如江河般的平和之中，初次見到了日後以真理之光指引我的箴言寶庫。雖然那樣的平和，全因為我是名既不懂得發問，也不懂得懷疑的無知之徒，但我沉浸在那平和之中，學習生命與真理話語的喜悅，全然忘了一天是如何流逝，季節又是如何流轉變遷。原先向我投以懷疑目光的修道士，也紛紛認同我的努力，稱頌起修道院院長的慧眼識人。蒙受院長的明德庇護，總是擔憂會不會因此給誰添了麻煩的我，對此感到莫大的喜悅。

為了報答這份恩情，我一刻也不曾放下蜜蠟書板，終日練習寫字。只要離開抄書室，獨自待在房間裏，我便不斷精進拉丁語與希臘語，為了不愧對主之僕人的身分而不遺餘力。此外，我會注視著被晚霞所染紅的夕陽，替忙於閱讀、書寫靈魂的話語，終日不曾休息片刻的雙眼禱告：但願主能以明光指引我的雙眼，在沒有半點失誤與疏漏的情況下，助我傳達完整無缺的話語。

充滿恩典的主啊，祢傾聽了我的祈禱！

起初看到抄寫室入口旁的偏僻位置上，有為我準備的書桌，上頭整齊擺放了我專屬的羽毛筆、摺疊小刀、墨水瓶、羊皮紙刮刀、浮石、尺等用品時，我以淚水起誓，在我沉睡於永恆的黑暗之前，將會一直提著修道士正直的筆桿，傳遞主的話語。多虧了那些修道士前輩，我才能

---

32 出自阿爾坤（Alcuin）教父的《卡勒米那》（Carmina）。身為英格蘭修道士的阿爾坤（七三五～八〇四）擔任統一西歐的查理大帝（七四二～八一四，又稱為查理曼）的宮廷教師，領導卡洛林王朝的文藝復興。

忍受為了遵守這個誓言所經歷的種種困難。

對於抄寫員來說，白晝漫長的酷夏，或令雙手凍到沒有知覺的嚴冬，都是討人厭的季節；因為沾滿羊毛紙的細毛，口中甚至經常吐出身為修道士絕對不能說出口的惡毒詛咒。豈止如此呢？為了忘卻寒冷或滲透全身的疼痛，喝下一杯、兩杯葡萄酒的欲望如海妖賽倫的歌聲般誘惑著修道士；守護數十年的貞潔誓約瞬間化為烏有的光景，我也見過了無數次。

最辛苦吃力的，莫過於用一絲不茍的字體從頭到尾抄寫得一模一樣，筆觸既不能太粗也不能太細。清晨時如同磐石般穩固的手臂，到了下午便猶如吸了水的棉花般沉重無比，每次提起手臂時，筆尖接收到的力道都會不盡相同。因此，為了避免工整的字體恣意歪斜，在精神緊繃的狀態下度過一整天後，無論是持刀刃的左手，抑或是拿筆的右手，全都像石塊般堅硬，就連一片麵包也無法拿起。

可是，真正令人難以忍受的不是肉體上的苦痛，而是精神上經受的蔑視。有人透過我們以血汗書寫的書本擁抱主的話語，卻又說著「文字雖被殺死，但靈魂能獲得救贖」的話語來詆毀抄寫的勞動，嘲笑我們是不知內容，只會描繪字體的無知之人。每當他們鮮紅的唇舌動個不停時，我的筆桿就會因心生憤怒而搖晃。

然而令人沉痛的是，我卻不能指責冷嘲熱諷的他們滿口謊言。因為我比誰都清楚，抄寫修道士只是用手抄寫話語而已，腦中卻充滿了各種空想。即便他們一天不過抄寫兩三頁而已，錯字卻多到令監督修道士難以招架。

就在我為那份無知與怠惰感到羞愧，並決心不會犯下與他們相同錯誤的期間，我的抄寫實力突飛猛進，令所有人大為吃驚。我的書寫速度比抄寫室最為資深的修道士更快，也幾乎沒有錯字。院長為我筆畫工整、粗細一致的手藝讚嘆不已，將為了修道院後援者威克伯爵所抄寫的《詩篇》工作完全交付於我。在將一本書分成好幾冊，由多人共同作業的慣例裏，這是鮮少發生的事，所以令我感到無比光榮。

在同僚們依著監督修道士的吩咐揮毫時，我翻開了《詩篇》，在一旁的角落裏靜靜地用雙眼閱讀，誠心誠意地寫下每一個字。此外，在書寫文字的同時，我考慮到伯爵淡泊名利的品性，沒有在書本上多加華麗裝飾，僅僅使用了威克伯爵的家紋和標誌。儘管負責裝飾書本的彩飾修道士大為光火，指責我不知天高地厚，擅自干預了分外之事，但監督修道士與院長說這是一項極為深思熟慮的提議，要求按照這種方式去執行。

萬幸的是，完成後的書本符合威克伯爵的眼光，令他十分高興。伯爵送來了即便過完嚴冬仍綽綽有餘的充裕物資和品質上等的羊皮紙，更另外替我準備了三支優雅的鵝毛筆。當時我所感受到的喜悅實非言語所能形容。然而對我來說是恩寵、是喜悅的那件事，卻成了其他人猜忌與嫉妒的根源。這都要怪我沒能事先考慮周全。

充滿慈悲的主啊，儘管如此，祢仍沒有拋下受冰冷視線和窒息沉默包圍的我，讓我在無盡的孤苦之中看見了一絲光芒。

那時，我如同往常一般，口中一邊吟誦教父的話語一邊揮毫，突然腦海中浮現了一個想法。倘若在毫無間歇的字母之間留一點小小的空隙，窒悶的呼吸就會暢通，模糊的目光也會變得明亮，視覺上閱讀起來更舒服。我小心翼翼地提起筆桿，將話語各自分開，使用標點符號和大寫字母，使字句的起頭和結尾變得更清晰明瞭。

所有人都大吃一驚，也有不少人提高嗓門地指責，說抄寫修道士任意毀損原文。但是監督的修道士卻袒護我，說我的方法使閱讀更加順暢容易，也能有效地防止錯字。修道院院長也默許我的作法。倘若沒有這兩位始終守護我的大恩大德，我又怎可能走到下一步呢？

是的，下一步，確實還有下一步。即便我只是在開頭字母加上裝飾，在單字與單字之間開闢了路，在語句結束之處點上句點，為強調其重要性而使用大寫字母書寫單字，手依然不住地顫抖。但主讓我看見了下一步，並要我去承擔它。在此之前，我也如同其他人一樣，對於聖經是神完美無瑕的話語，每一個字均源自神的靈感而深信不疑。然而，主並不允許我停留在安逸的信念裏。

這件事始於《馬克福音》，那是主向法利賽人教導安息日是為了人所設立，並且告誡「亞比亞他擔任祭司時，挨餓的大衛王走進聖殿，吃下了祭壇上的麵包」的章節。我停下了筆，再次檢視內容，上頭確實寫著「亞比亞他祭司」。我感到口乾舌燥、心臟狂跳不已，接著掀開教會閱讀架上的完全本[33]，找出了首次提及這件事的《撒母耳記上》。果然我的記憶沒有錯，將聖潔的麵包給予飢腸轆轆的大衛王的人，是「亞希米勒」祭司，上頭並沒有亞比亞他這個名字；收藏於圖書館的其他聖經上亦是如此。

舊約與新約如此不同，過去卻沒人指出這個悖離之處！雖然我認為自己是為了一個錯字而大驚小怪，可是沒發現這件事就猶如「見到他人眼中的塵芥，卻見不到我眼中的大梁」般令人憾恨扼腕。聖經雖是精確無誤的話語，靠的卻是罪孽深重之人的手來傳達，又怎麼能不出錯呢？一思及此，我這才明白了主要我提筆的深意——主是想引領我，借助我的手來恢復聖經的無誤面貌，向祢的百姓傳達正確的話語。噢，主啊！

我拭去了淌落的淚水，心情平復之後，以顫抖的手擦掉了「亞比亞他」，重新寫上了「亞希米勒」四個字。從此刻開始，我不再只是抄寫而已，同時更屏氣凝神地仔細校對內容。此外我也明白了，擾亂神之話語的悲慘行為已在人類的手中延續了漫長的歲月，遺忘原先話語的情

33 完全本（pandect）是由希臘語pan（全部）和dekhesthai（接受）所組成的單字，意指所有聖書均收錄於一本書內。八世紀初，在英格蘭首次有人抄寫包含舊約與新約的完全本聖經《阿米亞提努抄本》（Codex Amiatinus），而耶羅尼米斯・波希的武加大譯本是內容最為準確的手抄本。

形並不罕見。過去在教皇的指示下，耶羅尼米斯・波希[34]在整理其話語時曾經說過，如果過程中有半點疑心之處，就要將其全數刪除，不可隨意揮毫增添內容，但後人卻違背了這項原則，並且任意妄為。

為了導正這股歪風，我只能遵照耶羅尼米斯・波希的方法。我就像他一樣，為了接近話語的原貌，網羅了所有歷史悠久的手抄本。可是我越是揭開真理，就越感到混亂不清，因為義大利的大寫字母手抄本中出現的段落，並未出現於西班牙小寫字母的手抄本；在這本裏頭放在《約翰福音》的事蹟，那本卻放在《路加福音》內。單就說明三位一體教理的《約翰一書》中「作見證的原來有三：就是聖靈、水，與血，這三樣也都歸於一。（5：7）」來講好了，它雖出現於武加大譯本，但多數的希臘語抄寫本都沒有這段話。因此每讀一本新的聖經，我的疑惑就會像煙霧般擴散，最後就連什麼是真理，什麼又是虛假的教誨都分不清了。

在深不見底的絕望之中徘徊數日，最後我下定決心要開始點書。儘管教會內抨擊點書行為，尤其認為在聖經上點書是一種邪惡的把戲，但對於深感鬱悶的我來說，那是唯一能夠得知主之旨意的道路。我將一切交付於主，閉著雙眼翻開了書本。令我吃驚的是，掀開的那一頁正是耶羅尼米斯・波希所寫的《但以理書》引言[35]，這肯定是給我指示的兆卦。回歸希伯來原著吧！在我領悟主的啟示之際，油然而生的恐懼令我全身顫抖，然而我既已決心成為話語的哨兵，又怎能屈服於恐懼？

我下定了決心，並義無反顧地走向了猶太人的村莊。我的背囊內放入了翻譯彼此相異、內容隨意增減的語句，它們沉重地壓著我的肩膀，但比起走向禁忌之地的千斤步伐，卻又顯得輕盈。就在長久以來成為我靈肉安息處的修道院逐漸遠去，猶太人村莊越來越近的同時，想到我將永遠脫離慈悲為懷的修道院院長與監督修道士的懷抱，於是不禁流下了淚水。雖然我是為了尋求真正的真理，但觸犯修道士的禁忌，前去尋找猶太人的我，找不到可以依靠的籬笆。那時，我置身在足以凍結全身的孤獨感之中，「真理將使你們自由。」是主的這番話語庇護了我的心靈，握住了我的手。

噢，主啊！主的話語成真了。猶太人為我解惑，將流傳至今的話語中隱藏的謊言與謬誤全都告訴了我。我那鬱悶難受的胸口剎時豁然開朗，身心猶如置身於雲端般感到無比輕盈，一切都按照主的話語而行。

在那兒，隱約的晨光從只有巴掌大小的窗戶滲透入內，我今生的最後一個早晨來臨了。

34 耶羅尼米斯・波希（三四二年左右～？）奉達瑪穌教皇之命校正拉丁語四福音書，教皇離世之後，在伯利恆的修道院專心完成聖經的翻譯。他以希伯來聖經為基礎，參照希臘語譯本，出版了拉丁語善本，被稱為「武加大譯本」。「武加」（vulgata）意指大眾，中世紀千年以來最廣泛被人使用的即是武加大譯本，古騰堡印刷的也是這個版本。耶羅尼米斯・波希刪除了有疑慮的句子，但在後人抄寫的過程中又放入了他拿掉的文字和語句。

35 耶羅尼米斯・波希在翻譯、編輯武加大譯本的同時，在每本書前面加上了引言，簡要地說明內容。

我想起了在某個凌晨，我用刀子抹去我親手抄寫的《智慧書》[36]。這無疑是將我那些置身於空無一人的抄寫室中，將身體託付給滲入體內的寒氣，奉獻青春歲月的痕跡給親手抹去！自從將聖經的字句刪除的那天之後，我變得毫無所懼，只要是能守護話語的純粹性，無論是受到謾罵，遭世人扔擲石頭，甚至是異端的火苗，都無法令我退卻。

知曉並主管一切的主啊，主必定知道我的剛毅，因此才會令年邁的埃及僧人將秘傳交付於我，並賜與我閱讀多馬福音、腓力福音和約翰密件[37]的恩寵。雖然無法得知為何它們無法像其他福音書一樣被收錄於聖經，但上頭所記錄的話語充滿了智慧。神聖的主啊，主的恩典如高山啊！

走廊的那一端傳來鐵鍊拖地的聲響，那些為了帶我走而湧上來的腳步聲，宛如天邊的鼓聲在耳邊迴響。等待血之慶典的盲目渴望，使我所身處的這座冰寒地下監獄頓時沸騰。請看那些猶如豺狼般對我的鮮血飢渴咆哮的人吧！那些人辱罵我是異端，玷汙了主的話語。主啊，請憐憫他們吧，他們並不曉得自己正以主之名使主遭受辱罵。

soma sema（譯註：希臘語，意指肉體是靈魂的牢獄），既然肉體是一座墳墓，那麼如今離開墳墓，即將投身於永恆自由的我又有什麼好畏懼、好悲傷的呢？即便如此，我的淚水之所以模糊了視線，是因為我沒能為可憐的靈魂完成聖經的翻譯，是因為沒能守護真理的話語直到最後。然而，這亦是主所掌管之事，這一切將交付於祢。

主啊，祢將為罪孽深重的靈魂傳達真理的使命託付於我，允許我拿起端正耿直的筆桿，祢的恩澤深如海洋。身為主的兵士，我將會帶著熾熱之火揭示一切真理。噢，主啊，請祢接受這副身軀吧！阿門。

36 《智慧書》和《傳道書》均是耶羅尼米斯・波希拒絕放入聖經的內容。

37 一九四五年在埃及拿戈瑪第附近，農民偶然發現了用古代科普特語寫成的原稿，且經研究結果發現，書寫這些古代文書的時期與收錄於基督教正經的其他福音書接近，只是教會並未將這些文書放入正經內，像是除了《多馬福音》、《腓力福音》、《約翰一書》之外，《保羅啟示錄》、《耶穌的智慧》、《福者靈知派的信件》等靈知派的著作均是如此。

故事中的故事

中世紀歐洲的抄寫與讀書文化

文字的發明在國家的蓬勃發展之下誕生，而文字也成了維持權力與經濟的根基。從美索不達米亞王國的菁英自稱「抄寫員」看來，就可得知當時的文字與紀錄何等重要；此項傳統在基督教也可見到。

支配中世紀歐洲的基督教是「話語」的宗教、「書」的宗教。聖書，也就是聖經（Bible）這個字彙本身就是「書」的意思，是源自於紙張元祖「羊皮紙」的希臘語Byblos。在基督教裏頭，傳遞書本上神的話語，是擁有特殊使命之人的特權及義務。修道士是能夠讀書寫字的特別階層，而修道院是書的搖籃兼儲藏所，引導著中世紀的書文化。

修道院和圖書館相同，裏頭同樣設有抄寫室（scriptorium），並親自製作需要的書籍。因為製作手抄本需要耗費許多金錢與人力，因此中世紀初期主要由修道院全面負責。除了內部所需要的書籍之外，修道院也會生產貴族或高階神職人員所訂購的書籍來增加收入。可是隨著十二世紀末大學的設立，修道院壟斷的地位逐漸被削弱，於是，抄寫員便自主組成了公會，開始營運抄寫工作室。

此時書的主要原料是羊皮紙，經過刀子刮除之後便可以再次使用，因此很適合抄寫，也很符合經濟效益。修道院內的抄寫工作由專門的抄寫修道士負責，他們有各自的書桌、墨水、羽毛筆、浮石、刀、鉛筆、尺、書板等；刀和浮石是用來磨羊皮紙的表面，而鉛筆和尺則用來畫底線或輪廓。當抄寫員寫上文字之後，彩飾畫家就會替字體加上裝飾，或者繪製插畫，雖然這件事會交由專門的修道士來做，但有時也會雇用外部的技術人員。

直到十五世紀中葉，發生古騰堡印刷革命為止，抄寫主導了數個世紀的書文化。不過，抄寫作業並不總是一成不變的，除了要努力尋求更美觀、更易讀的字體之外，根據讀書方法的不同，抄寫方式也會有所變化。

舉例來說，在大聲朗讀文字訊息的古代，一般來說都是文字和句子毫無空白的連續式記法，可是進入中世紀之後，隨著基督教勢力的擴張，不熟悉拉丁語和希臘語的歐洲邊緣地區出現了變化，其中具代表性的就是冰島。冰島的修道士為了更容易理解以陌生的外來語所寫的聖經，於是在書寫句子時開始採用空格、標點符號和其他符號。

此種新的標記方法刺激了默讀的風氣，用肉眼閱讀的默讀情形日趨增加，也讓人們重新體認到「書寫體」的重要性。此外，在深思熟慮要如何書寫之後，書寫方法也出現了變化，也就是說，讀書方法和抄寫法影響著彼此，並互相帶來了改變。尤其是「in numero(在數量上)」被誤解為「innumero(無數的)」一樣，抄寫員靠著在詞語之間加上空格、區分段落帶來了很大的幫助，防止了錯誤理解文章或區分段落的情形；空格也因此在十一至十二世紀扎根。此外，在段落的首字賦予顏色或使用裝飾文化的現象也增加了。

抄寫方法改變的同時，抄寫室的風景也有所不同。過去是由監督者閱讀書本內容，然後由抄寫員聽寫，但到了十一至十二世紀，則改成抄寫員將原稿放在書桌上，邊看邊抄寫的方式。如果要維持標點符號或各種記號原封不動，抄寫員就必須親自看著原稿抄寫。

可是隨著這種方式變成主流之後，抄寫員的地位也隨之下降。在這之前，大部分的化緣修道會都把抄寫視為機械式的勞動，因此學僧都會盡量不把時間浪費在文字抄寫上，但從此時開始，這種現象變得更為嚴重。當代被推選為頂尖人文主義者的佩脫拉克（Francesco Petrarca）就曾貶低抄寫員是「畫畫的人」。

然而這種全新的抄寫方式助長了安靜用眼睛閱讀的默讀風氣，也使讀者開始敢大膽閱讀。過去修道院與大學進行的「口述」和「共同閱讀」強化了神學與哲學的傳統教義，但在十一世紀默讀普遍化之後，異端思想就開始與對知識的隱密好奇心產生了連結。此外，很難書寫的粗體字也改成了草書體，而作者不借助抄寫員之手，親自書寫原稿的情形增加，也為此帶來了變化。面對這種獨自默讀、親自執筆的情況，很難進行集體的懲處或即時的檢查，使得對於聖經的新見解與異端思想也得以發展。

小說《一名抄寫修道士的告解》是以十二到十三世紀奧克西塔尼亞地區（法國南部、西班牙北部、義大利北部）盛行的卡特里派十字軍（或稱阿爾比十字軍）事件為背景，並講述抄寫與讀書方法引起歷史變化的作品。卡特里派，又稱為阿爾比派，他們相信有來生的存在，實行徹底的禁慾主義，並將宗教勢力加以擴張，但教廷在這些人身上烙印了異端的記號，殺害了阿爾比十字軍（一二〇九～一二二九）。被歷史學者威爾・杜蘭特（William J. Durant）評為「人類最黑暗的汙點」的宗教審判之所以開始，也是因為為了根除當時躲藏在地下的阿爾比派。小說中告解的抄寫修道士即是卡特里派的後孫，他透過默讀的方式，對傳統的聖書解讀產生了疑問。

只要看當時的抄寫本，就可以得知默讀帶來了自我解讀的自由。現存手抄本的留白位置上，就留有抄寫員哀嘆自身處境、讀者修正原稿的痕跡或解析等，這便是由朗讀聆聽轉變為獨自安靜閱讀，讀者態度變得更加積極的證據。起初只是修正聖經上的錯字，但在不知不覺中，讀者開始對照起不同的版本，甚至出現了自我解讀的異端。進入十三到十四世紀後，公布異端書籍、熱衷於宗教審判也都可說是反映了這種時代現象。教廷對此產生了危機意識，於是在一四〇八年規定，除了翻譯、抄寫聖經之外，就連持有聖經都要獲得許可。

結束抄寫時代的人是古騰堡（一三九七～一四六八）。古騰堡的活字印刷術向大眾開放了原先由少數特權階級獨占的書本和文字，是主導近代大眾文化的劃時代發明物。

古騰堡是一位努力的印刷師，他不僅想帶來技術上的進步，而且努力地打造出美觀完美的書本。自從一四五二年開始，他耗費三年時間出版的《四十二行聖經》，就徹底展現了印刷師古騰堡追求完美的面貌。他在紙上印了一百五十部，用上等皮紙印了三十不，總計一百八十部，而為了此書，他開發了繼承中世紀彌撒全集（祈禱和聖歌的福音集）粗體字的字體，甚至親自製造了墨水。也多虧於此，這本書不僅獲得了第一部金屬活字印刷聖經的榮譽，甚至獲得了最美聖經的讚美。此外，雖然活字印刷受到了擔憂知識會大眾化的教會與貴族反對，但仍因這股無法違抗的時代變遷，奠定了它的地位。

紀錄片——尋找書之敵人

托特里奧市舉辦了「世界讀書日」的活動，此時，這座擁有三百萬人口的小城市匯集了世界各地的觀光客與採訪團隊。換作是平常，民眾會在市政府前面的公園悠閒散步或享受讀書時光，但此時這兒卻擠得水洩不通。

公園攤販老闆（六十三歲）

「我這輩子第一次看到這麼多人，真是忙得不可開交。但是我覺得很棒，生意也很好，哈哈哈。平時總是很安靜的社區突然變得鬧哄哄的，變得很有活力，只是因為太吵了無法好好看書，覺得有點遺憾呢，哈哈。」

雖然市民對生平首次見到的眾多人

潮感到驚訝，但似乎並沒有露出不快，反倒對於自己居住的城市能夠舉辦盛況空前的讀書日而難掩欣喜之情。今年的讀書日比過往都更受矚目，打從企劃階段開始，全世界的愛書人士與網民便展開了激烈的攻防戰，那股熱情，從此時托特里奧文化會館前的超長隊伍便能感受得到。

阿圭略（二十三歲，尼加拉瓜）

「我已經等三個小時了，雖然腳有點痛，不過很有趣。打從企劃開始，我就對今天的活動很感興趣。起初我就覺得應該要選擇『書之敵人』這邊，要我選『最初之書』或『最佳之書』就有點怪怪的，因為標準有點模糊不清。雖然過程經歷幾番波折，不過最後仍如我的猜想，所以很開心。」

扎馬萊克（五十二歲，埃及）

「此次活動在各方面都意義深遠。我目前在大學教導伊斯蘭文化，而為了參加此次活動，我特地請了休假。其實我原本申請要參加今天的討論會，只是很可惜落選了。看來還有比我更勤奮的埃及人呢。雖然很可惜，但希望那個人能夠好好表現。若要說起最惡劣的書籍犯罪者，當然就是燒毀亞歷山大圖書館的狄奧斐盧斯了。雖然西歐的基督教勢力想將此罪名栽贓到第二任卡里發歐瑪爾身上，但燒毀大圖書館的是基督教的教父，這是毋庸置疑的事實。西歐的基督教徒們對伊斯蘭與埃及文明的掠奪與逼迫長達了數世紀，要是知道在他們手中消失的人類文化遺產有多少，他們自己大概會更為吃驚。希望今天在此法庭中能將他們的暴行公諸於世。」

派翠西亞（**四十歲，美國**）

「我很期待裁判的結果。我投了最佳文學一票。雖然有人批判說，文學性的感動原本就是主觀的，無法加以評價，但我認為這個項目很值得在這種大眾活動中嘗試。票選最差的人事物也不壞；今年票選最惡劣的犯罪者，明年票選最佳文學的話應該就不錯。」

阮（**二十八歲，越南**）

「因為我昨天才剛到，所以感到非常疲倦，不過還是得撐下去。啊，我是選擇尋找最初之書的。檢視書的起源和歷史上的發展過程不是很有意義嗎？大家都問說，要如何能知道最初之書是哪一本，但不管是蘇美的泥板書或埃及的莎草紙，不都應該有最早的嗎？如果找到歷史性的證據和資料就能揭開這問題了，但搞不懂為什麼說是標準模糊不清還是怎樣的。」

雖然大家同樣都在排隊，但所想的並不是同一件事。兩年前，為了舉辦讀書日的活動，托特里奧市在網路上對全世界的市民展開意見調查。活動籌備委員會提出了三個可以做為重點活動的提案——尋找最初之書、票選最佳文學作品，以及選拔為書本帶來最大傷口的「書之敵人」。全世界的愛書人士皆對籌備委員會的企劃給予肯定，同時也積極地表達自身意見。

杰德尼（籌備委員長，托特里奧市立圖書館館長）

「起初一切都進行得很順利，參加網路投票的人比想像中更多。但是從某一刻開始，爭論變得越來越激烈。選拔最佳文學作品的提案受到了最多的批判；按照名次去評價文學的發想本身成了問題。其實從這方面來講，也許該說我們太過天真嗎？總之，我認為我們太過安逸了。選拔最佳的標準又是另一個問題。感動、影響力、文學的完成度，根據標準的不同，結果將會天差地遠。儘管具備這一切的條件就會成為最佳作品，但又不禁令人產生疑問，這種作品果真存在嗎？」

點燃最佳文學論戰之火的，是一名中國的留學生張辰。目前正在美國史丹福大學攻讀經濟學的張辰，足足在籌備委員會的官網上留下了六十九則意見，並主導此次的爭論。

何謂最佳？（ID：dragon8）

「看看那些說要票選最佳文學所列舉出來的作品吧，它們清一色是西歐文學。《唐吉訶德》、

《浮士德》、《安娜・卡列尼娜》、《尤利西斯》和《變形記》，全是西歐作家的作品。雖然馬奎斯和波赫士等中南美作家也名列其中，但他們同樣深受西歐文明的庇蔭。而儘管歌德或喬伊斯都很偉大，但對於亞洲讀者來說依然很陌生。有人探究希臘羅馬神話對人類文化造成的影響，而中國神話對全世界所留下的影響亦不在話下。如果不曾聽聞《山海經》或《西遊記》，還能談什麼世界文學嗎？此時提議票選最佳文學的這些人，無疑是打著文學的旗幟，主導精神上的帝國主義。」

張辰的主張將中華民族主義表露無遺，雖然引來了許多批判，但對此深感共鳴的聲浪也不小。

洪保德（德國漢諾威大學比較文學教授）

「張辰的主張十分幼稚，但他的話語有值得大家側耳傾聽之處。假設我們先不從文學攻讀者的角度來看，而是從文學是一般讀者的代言人的角度來看，就更是如此了。我們無法否認，在票選最佳文學時，獲得提名的候選作品主要都是深受西歐文化圈肯定的作品。其實，這可以說是文學本身的特性，又或者說是限制。所以說，沒有比文學更對自身土壤敏感的藝術了。因為先從語言來看，大部分都是作家的母語。

（您是指民族主義的可能性嗎？）是的，沒有錯。

作家很難從民族的色彩中掙脫出來；他所書寫的語言是如此，他所認定的讀者亦同。除了少數的作家之外，大部分作家都是以自身居住的土地、和自己一同生活的人溝通，並以此溝通為媒介來進行創作。當然，卓越的作品能夠超脫民族國家的界線，和全世界的人民進行溝通，但是很難從根本上去否定界線的存在。即便是被評選為二十世紀最佳作品的《尤里西斯》，如果讀者不精通熟悉源於神話的西歐精神，便很難獲得感動。這與作品的深奧程度是層次截然不同的問題。明明是批評家未將這些面向界定清楚，卻讓非西歐圈的讀者們心生愧疚，以為這是源自於自身的無知。可是西歐的讀者們卻不曾因為不瞭解中國或印度神話而感到羞愧。雖然我們以為，就算不去閱讀《梨俱吠陀》或《源氏物語》，也能瞭解印度和日本的文學，但或許這是一種永遠無法觸及的情感界線？因為這種界線是本來就會有的。」

包括洪保德教授在內，有眾多批評家與作家對於選拔最佳文學作品提出批判，導致最終籌備委員會只能撤回這項企劃案。在這之前，網路投票過程中獲得最多人支持的《百年孤寂》作者馬奎斯表示，「雖然個人感到很遺憾，但這是一項明智的判斷。」對此表示樂見其成。

杰德尼（籌備委員長）

「選拔最佳文學作品一案遭到廢止，我們也遭受到一點打擊，就像是自責沒把一件事徹底做好一樣。但事情並沒有就此結束，尋找最初之書的企劃也發生了類似的爭論。關於何謂最初之書的討論、書究竟為何物的根本性問題，接二連三地出現。提出此項企劃時，我想像中的書本是一種以文字記錄的物體。我並沒有表達得很清楚，但也不覺得有此必要，因為我認為這是很理所當然的。可是隨著討論進行下去，我對自己的想法產生了疑問，也開始反省自己忽視了文字以外的表現手段。」

起初進行網路問卷調查時，尋找最初之書的企劃的反應最為熱烈。除了愛書人士之外，考古學家與文獻學者也抱持期待，認為說不定能趁此次機會發現新的文獻資料。然而，來自格陵蘭的一封電子郵件改變了情勢。

在讀書日活動籌備委員會前面（ID：icebubble）

「我是居住於格陵蘭的一名主婦，平時喜愛閱讀，因此對於此次活動很感興趣。可是就在看到網路引發的討論之後，突然產生了疑問。所謂的書本，僅僅指的是用文字記錄的東西嗎？當然，我同樣也是閱讀傳統紙本書的讀者，但我年邁的母親從許久前便很熱衷於『閱讀』有聲書，而目前就讀小學的兒子則經常閱讀3D繪本。雖然形體各有不同，但我認為這些全部都稱為「讀書」。難道不是如此嗎？可是如果讀書不單只是用眼睛閱讀文字的話，那麼書本非得是用文字記錄的某樣東西嗎？小時候，我每天晚上會聽著母親說的故事入睡。母親並不識字，不過她會將多年前從她母親那兒聽來的古老故事說給我聽。大家一定知道我說的是什麼，沒錯，我說的是口傳之書。

冰塊會反覆結凍、融化，就連看似總是結凍的冰塊都不是完全一樣的，因此根本不可能在上頭刻任何東西。不過，我們會在記憶中、在心中刻上比冰塊更堅硬長久的故事。當它超越世代傳遞下去時，雖然會如同融化又凝固的冰塊般逐漸產生變化，但記憶的心，其本質總是相同的。或許您可能會感到啞然無語，不過書的原型不就是擁有記憶之心，也就是人嗎？我的想法太荒謬無稽嗎？那麼請將我是在哪裏踏上迷途告訴我吧。」

馬帝（古代文獻學者，籌備委員會顧問）

「杰德尼將電子郵件拿給我看。我讀了之後，覺得眼淚就快奪眶而出。icebubble 喚醒了我過去所遺忘的事情。我領悟到，在攻讀古代文獻學的這二十餘年，自己在不知不覺中成了頑冥不靈的文字崇拜者、文字中心主義者。我對杰德尼說，你曾經想像過，自己會向格陵蘭的一位家庭主婦學習什麼嗎？」

杰德尼（籌備委員長）

「收到馬帝博士的提問後，我想起了孔子曾經說過的話語『三人行必有我師焉』。馬帝博士說，假如決定要尋找最初之書，範圍將會大到難以想像。不僅僅是口傳文學，就連非文字的記號與象徵等全部都要考量在內。我心想，若事情擴大到那種程度，後果將難以承擔。」

馬帝（籌備委員會顧問）

「起初我想到了龜殼、泥板、竹子、葦葉、動物皮、石子之類的，接著又持續擴大到描繪神話的陶瓷、阿爾塔米拉洞壁畫、曼陀羅沙畫，以及納斯卡遺跡與巨石陣。當然，我並沒有把這種想法公開發表於網站上，但大家的想法總是差不多的，所以很快地網路上也出現了類似的意見。若從擴展書的範圍來看，這是很具有意義的討論，但是界線擴張也帶來了問題。如果是學問上的討論或文學想像還好說，但在大眾的活動中消化『書是什麼？』這種根本性的問題並不容易。總而言之，活動要求的是有明確的開始與結束，但我們在討論中涉足過深，所以在劃分界線上失敗了。最初之書的企劃在這段期間內失去了方向，也開始產生動搖。儘管企圖定義書之起源的國家競爭意識使氛圍變得烏煙瘴氣，但最大的問題在於我們自己無法承擔，也就是無法承擔書這個主題。」

在圍繞於最初之書的討論停滯不前的同時，間接受益的是尋找書之敵人的企劃；尤其是以年輕族群為主，說要選拔「歷史上最惡劣的書之敵人」的意見很是吸睛。

艾可（讀書日義工，托特里奧高中二年級）

「網路投票完全是一場勢均力敵的比賽。『書之敵人』的結果出來時，我差點高興得叫出聲呢！一方面很好奇最惡劣的壞蛋是誰，另外是這樣說雖然有點不好意思，不過感覺它準備起來最容易（笑）。而且我和朋友也有事先想好的選項。因為想舉辦有趣好玩的活動，所以想出了點子，結果開會時說出來之後，委員和管理員都一致贊同呢。完全沒想到我們的點子真的會被選上，所以有些吃驚，當時還呆住了呢。」

高中生義工提議舉辦逮捕犯罪者後押到法庭的爭霸戰遊戲，而活動的籌備委員會也採納他們的意見，決定舉辦模擬法庭，將破壞書本的代表性人物押到法庭，再從中選出最惡劣的犯罪者。

打從一大早，托特里奧文化會館前就排了長長的隊伍。這些全是為了旁聽模擬法庭而來自世界各地的人們。旁聽者將在聽完告發者的主張與律師的辯論之後，從各種被告中審判最惡劣的書之敵人。文化會館的大門已經開啟，而入場的人們表情非常真摯；究竟他們會選誰為書之敵人呢？

（鏡頭拍著做為模擬法庭會場的文化會館內部，而分成兩層的旁聽席坐滿了聽眾。）

阿南塔（模擬法庭法官兼主持人，印尼古人類學中心責任研究員）

「一八八〇年英國的印刷業者兼文獻學者威廉・布拉迪斯（William Blades）撰寫了一本《書之敵人》的著名書籍，並且在書中舉發了水、火、蟲子等損害書本的非人為因素，以及毀損書本的裝訂師、藏書狂、下人與孩子們為書的敵人。這一切正如他的指責，破壞書本的敵人多到數不清。水、火、灰塵，甚至是眼睛所看不到的小點都能摧毀一本書。書，就是如此脆弱而不堪一擊。但書又是對人類史造成可觀影響的強大存在。布拉迪斯在列舉各種敵人之後，最後舉發人類才是書本真正的敵人。確實如此。知道書本的力量而感到畏懼之人，他們無疑是書的敵人。他們懼怕書所擁有的力量會弄垮自己，所以企圖加害書。在此法庭上出現的四名被告人便是這樣的人。

基於政治上的原因而焚燒書本的秦始皇與希特勒，以信仰為由破壞圖書館的狄奧斐盧斯，扼殺異族文化的卡拉季奇，他們全是今日的被告人。從此刻開始，請旁聽的陪審團傾聽讓這些人站上法庭的告發者與律師的主張，判斷出誰是最惡劣的敵人。若在法庭上引起騷動或不遵從法官指示者，會被命令退場。審判從現在開始。噹！噹！噹！」

最先開炮的，是控訴秦始皇的韓國人權運動家。自始至終都以沉靜口吻指責其犯罪事實的她，在最後一刻提及獨裁者時，聲調也因憤怒而不住顫抖。

百合（秦始皇告發者，韓國人權運動家）

「當然，有人比秦始皇燒毀更多的書、殺害更多的人，但罪行的輕重並不是取決於數量。秦始皇是企圖用權力控制人類思想的人，如果不是他的話，後代的獨裁者絕對不會有干涉別人『讀這本書吧，不要讀那本書』的想法。此外，秦始皇將超過四百六十名的學者活埋了，是史上第一次以能讀書寫字為由殘忍殺害他人的人。許多獨裁者從秦始皇身上學習到審查人民思想與鎮壓知識份子的方法，因此，定秦始皇的罪，也等同於是給那些作出相同行為的獨裁者定罪。秦始皇是玷汙書史的源頭，還請各位陪審員徹底根除這汙穢的根源。」

萬喬普（希特勒告發人，祕魯觀光局員工）

「各位陪審員真可憐，竟要從秦始皇與希特勒之中選出誰才是真正的壞蛋！（笑）正如百合小姐所說，罪行不能以量來決定，但是在一九三三年五月十日，柏林大學的廣場上有兩萬本書遭到焚毀。是一天內就燒掉兩萬本！後來，直到希特勒徹底完蛋之前，據說燒毀了一億本左右的書籍。很令人瞠目結舌吧！如果再加上六百萬名被屠殺的猶太人，在數量方面恐怕沒有能與希特勒抗衡之人。不過，我並不是因為有數量最多的書籍消失殆盡，才指稱希特勒為最惡劣的壞蛋。若是如此，那就太單純了。我想說的是，希特勒本人很享受焚書的過程。在現場負責這件事的，是宣傳部部長戈培爾，而此人將焚書打造成一個慶典——在全國三十所大學同時舉辦了焚書慶典。在大學這個知識的殿堂中，由教授和大學生們親自參與這個燒書的慶典。其中肯定也有迫不得已才參加的人吧？不過現場的氣氛真的十分瘋狂。

我認為希特勒與戈培爾是天生的壞蛋。（席間傳出三三兩兩的笑聲）這些人促使讀書、藏書的人背棄書本，並從中感受到快感。起初雖然大家是基於恐懼，才將書本丟進了火堆中，但看著熊熊燃燒的數千、數萬本書，人們的心中也產生了妙不可言的快感。然後，人們就會這麼想，原來書本什麼也不是啊，還以為書本是多了不得的東西呢，原來是如此微不足道啊。這點非常重要！書本是決定人類精神世界的關鍵，可是希特勒卻一下子把它變成了笑話，使其變成了毫無用處之物。他的期望正是如此，這也是希特勒何以為史上最惡劣的書之敵人的原因。他燒毀了足足有一億本的書籍，臉上還掛著心滿意足的笑容！如果這種人稱不上是書之敵人的話，究竟誰才是呢？」

辛（秦始皇辯護律師，印度電影導演）

「秦始皇玷汙書的歷史，犯下罪行是毋庸置疑的；他擔憂會對自己造成威脅，所以焚書坑儒的事也是千真萬確的，這點沒有半點辯解的餘地。可是他卻無法被稱為最惡劣的破壞者，因為那些都只是基於他是史上第一人的象徵性，以及焚書坑儒所造就的形象而已。以誇大不實的形象來定他的罪，這樣就不對了。難道因為他是第一個做錯的人，所以就成了最差勁的犯罪者嗎？雖然說是史上第一人，但那只是一種象徵，並不是經過證實的事實，不是嗎？假設就算真的是第一個好了，難道因為源頭遭到了污染，從中衍生的歷史就必定是污穢的嗎？我認為這一切不過是形象所造成的。

秦始皇雖是書之敵人，卻不是最大的敵人。最大的敵人呢，這很難說，聽了萬喬普先生的話之後，覺得應該是希特勒。至少秦始皇是恐懼自己會失去權力才焚書，並不像希特勒一樣是個瘋子，焚燒了一億本書還喜不自勝。在考慮到對人類的危害時，也不能完全不顧及數量的層面。總而言之，我認為從各種面向來論究，秦始皇並不足以被推選為最惡劣的人物。」

慕撒拉夫（希特勒辯護律師，埃及二手書店老闆）

「在這法庭上的被告人全都是書之敵人，但問題就在於誰才是最惡劣的人物。希特勒雖是惡名昭彰的犯罪者，但關於書的部分，他並不是最惡劣的。這份榮耀應該獻給在這共襄盛舉的狄奧斐盧斯或卡拉季奇才是。最重要的是，希特勒燒毀的是母國的書籍，他以違反德國精神的名目燒掉一百三十一名作者的著作，包括馬克斯・布洛德、馬克思、佛洛伊德、湯瑪斯・曼、艾瑞克・卡斯特納……，這些作者大部分都是德國人；至少希特勒沒有因為民族或宗教不同的幼稚理由而燒書。

萬喬普先生認為希特勒否定了書的價值，以及他認為書和小丑一般可笑，不過在我看來，希特勒其實了解書的價值，也因為如此，他才會燒掉會危及自身的書籍。他明白文化的力量，也知道書本乃是文化的核心，所以才會燒掉不可勝數的書。雖然這件事做得不對，但總之他並沒有小看書的效用。」

查麗莎（狄奧斐盧斯告發人，荷蘭編輯）

「言論的走向越來越奇怪了呢。知道書的價值而焚書，反倒罪孽變小了？在不知情與知情的情況下犯罪，何者問題更大？那當然是知情而犯罪啦。刑法中不也說間接故意或不可抗力會酌情處理嗎？但法庭不能寬容確信犯。（譯註：指基於道德、宗教、政治上的信仰而實行的犯罪或該犯人。）我之所以會認為狄奧斐盧斯是最惡劣的書之敵人，也是基於這個原因。狄奧斐盧斯基於宗教上的信念，燒毀了世界上最卓越的圖書館。他是亞歷山大的大主教，是有學識之人，也很清楚自己為什麼做出這樣的事情；他之所以煽動群眾攻擊圖書館，也都是經過了縝密的計畫。雖然整件事被包裝成大眾基於虔誠的信仰，所以才想處決異教徒，但其實是為了根除威脅基督教信仰的古代思想，很早就開始虎視眈眈。光從焚燒數十萬本書、破壞圖書館建物之後，在原址建立教會與修道院就能得知此事。」

查理（狄奧斐盧斯辯護律師，法國藥師）

「等一下！在審判繼續進行之前，有些事情要先說清楚。對於狄奧斐盧斯的控訴必須撤銷才行。雖然告發人指出狄奧斐盧斯是破壞圖書館的主犯，但亞歷山大圖書館之所以遭到徹底破壞，是因為歐瑪爾的緣故。六四二年，受哈里發指揮的阿穆爾將軍征服亞歷山大後，詢問該如何處置圖書館的書籍時，哈里發回答，如果書的內容和阿拉的教誨一致，那麼書就沒有存在的必要；如果與阿拉的教誨不一致，那麼書就不能存在；一言以蔽之，就是叫他毀掉書的意思。所以阿穆爾將軍才將圖書館的書籍全拿來當作公共浴池的柴火，最後導致有長達六個月的時間，亞歷山大圖書館的藏書都被拿來燒水用。這是非常著名的故事。但這種故事都已是人盡皆知了，真不曉得告發人為何指控的不是歐瑪爾或阿穆爾，而是狄奧斐盧斯。當然狄奧斐盧斯攻擊圖書館是事實，但亞歷山大之所以失去為數可觀的藏書，是因為伊斯蘭征服者的緣故。」

查麗莎（狄奧斐盧斯告發人）

「問題就在於這種誤解，誇大基督教與伊斯蘭之間敵對關係的陳腐視角。哈里發歐瑪爾在討伐埃及時，亞歷山大圖書館已經風光不再。著名的歷史學者愛德華・吉朋（Edward Gibbon）就曾經指出，當伊斯蘭軍隊抵達圖書館時，藏書已所剩無幾。可是直到現在，伊斯蘭征服軍隊將書本拿來當浴池的柴火燒的傳說依然繪聲繪影。也許對於西歐人而言，這種故事更吸引人吧？總比基督教的主教以異端為由破壞古代文明、殺戮學者的故事聽起來舒服多了。

我之所以主張要定狄奧斐盧斯的罪，也是基於這種原因。我們西歐人根深蒂固的排他性、優越主義、對於文明的獨占欲不是一天之內形成的。請各位看看吧，只有自己的信仰是正確的，其他想法或信仰不應存於這世上的剛愎自用，使得人類文化衰退了多少年？狄奧斐盧斯破壞的不只是亞歷山大圖書館，請各位記住，那樣的精神支配了中世紀千年之久，使數不清的人被送上了火刑台。沒有比只要擁有一本書就足夠的信仰、自己明白一切真理的傲慢更可怕的了。世界上存在著無數書籍的原因，是因為有無數的人、無數的想法存在，而狄奧斐盧斯卻否定了這點，這即是否定了書！」

卜拉欣（卡拉季奇告發人，阿爾及利亞地理教師）

「我完全同意查麗莎小姐的意見，狄奧斐盧斯或卡拉季奇本質上都是相同的人。倘若狄奧斐盧斯是打著基督教信仰的旗幟，踐踏其他精神的話，那麼卡拉季奇就是以武力的名號，踐踏異族的身心。當然，在座者可能會覺得奇怪，為何在眾多的戰爭狂熱者與征服者之中，我偏偏選擇舉發卡拉季奇呢？從焚毀並掠奪征服地區書籍的羅馬人、消滅阿茲特克和馬雅書籍的西班牙人、使伊斯蘭的圖書館化為灰燼的蒙古軍，乃至侵略亞洲並竊取書本的近代帝國主義國家，燒毀並掠奪討伐地區書籍的征服者不在少數，可是為什麼偏偏是卡拉季奇？原因很單純，因為他在我們生存的這個時代做出了那種事情。啊，還有不久前才突然砲擊伊拉克，破壞了智慧的殿堂與國立圖書館的美國。不過，我之所以無法指控美國布希總統，原因就在於沒有證據能夠證明飛彈是瞄準那個地方。雖然大家都心知肚明，但如果沒有物證，在法庭上就站不住腳，因此卡拉季奇就等於代表了這一切。

一九九二年八月，塞爾維亞軍隊以塞拉耶佛國立圖書館與大學圖書館為目標，發射了燃燒彈。經過三天持續的炮擊，有一百五十萬本的書因此遭到了波及，其中有十五萬本是從古代流傳下來的珍本與手抄本。為了擊垮波士尼亞，卡拉季奇認為必須扼殺其精神，也就是破壞圖書館。為建立塞爾維亞人的國家，他殺害了波士尼亞人，更進一步想全面摧毀其文化。各位請看，這種人值得原諒嗎？

我們人類經過數千年的歷史才學習到人權與文化是何等的重要，但卡拉季奇卻背棄了人類經歷各種錯誤後所習得的信念，使人類史再度回到野蠻的時代。倘若不定他的罪，即便我們坐擁再多的書，永遠都會是無知的野蠻人。」

達尼（卡拉季奇辯護律師，新喀里多尼亞山林廳公務員）

「這場演說很令人感動，看來我似乎得放棄替卡拉季奇辯護的計畫了呢（笑）。儘管如此，既然都上場了，我就先將辯護擱置一旁，先說說我的想法好了。這個場合中的被告人，都是焚燒並扼殺書本的蠻橫無理之人，其中有人為了維持權勢而打壓學問，也有人因為獨斷的信仰，破壞了史上首屈一指的圖書館。舉發人基於各種理由來向他們問罪，樹立壞榜樣的罪、藐視書的罪、知其價值卻仍否認的罪，以及踐踏他人精神的罪。

儘管理由各不相同，但這些人全都摧毀了書。因為他們明白書會造成問題，可能會造成立即的威脅，也可能逐漸帶來危險。可是他們是如何知曉的呢？為什麼會從書本中感受到威脅呢？那是因為他們都是喝墨水的人。

四名被告人全是統治國家或擁有權勢的支配階層，並不是什麼目不識丁的叫化子。他們都讀過書，只是數量的差別，也是引領周圍學識之人的領袖。倘若他們沒讀過書、一無所知的話，自然不可能會曉得書是否會構成問題。這幾位被告人不同，他們讀過書，曉得書能成為武器，所以才會想將書本加以消滅。假設這些人對書一竅不通，當然就不會做出如此驚世駭俗之事。所以在我看來，雖然這是個有些令人無言的構想，但書本好像才是問題的根源。聽起來很奇怪吧？

老實說，我並不想主張書本身就是書的敵人。但是今天聽了整場審判之後，『排拒書或是知識的並不是無知，而是另一種知識』的想法始終揮之不去。方才舉發人提出批判，指稱卡拉季奇讓人類回到了野蠻時代，對吧？可是沒有書本的世界果真是野蠻的嗎？讀書的文明人稱呼從未見過書這種東西的人為野蠻人，可是正如同歷史所證明的那樣，真正做出駭人野蠻行為的，正是文明人。起初所謂的文明，就是將活得好好的樹木砍下，製作成無生命的書。若從這點來看，也許這樣的結果也是理所當然的。

雖然不知道最後誰會當選為最惡劣的敵人，但能百分之百確定的是，那人也同樣是一名讀者，是為了自己的書而現身的熱血讀者。也因此，悲劇才會從那兒開始。在我看來，讀書，似乎就是一個問題。」

透過網路，模擬法庭轉播到了全世界，有超過十億人觀賞了模擬審判，數千萬人參加了討論，而即便是活動結束後的此刻，大家仍持續熱烈討論旁聽陪審員做出的判決。在今天活動籌備委員會的官網上，仍有人上傳文章，指責今天的判決賜給了無法饒恕的犯罪者免死金牌；也有人激烈地批判紀念讀書日的活動，反倒成了給書宣判死刑的活動。不過，身為模擬法庭陪審員的托特里奧市長表示，對這一切都持樂觀看法。

西米（托特里奧市長）

「身為讀書日主辦城市的負責人，我對於此次活動感到非常滿意。我希望不管是男女老少，每個人都能享受讀書的樂趣，表達對書的看法；也就是期望書能擺脫做為權威或知識象徵的現實狀況。雖然活動期間有過迂迴曲折，但似乎一切都如我所願，所以感到很高興，尤其主題活動「模擬法庭——審判書之敵人」為活動畫下了一個完美句點。當天我也在場擔任旁聽陪審員，而來自新喀里多尼亞的達尼先生的演說令我大受感動。活了七十年，我一向自詡為終生書蟲，而那天卻是初次對我的人生感到羞愧，第一次領悟到自己始終將書當成勳章一樣炫耀。

最後大多數陪審員推舉自己是書之敵人，大家都說這是意想不到的反轉，但我認為這是一種反省。那天，在那個場合，我們都回顧了自己的人生，並且做了反省。不僅僅是達尼先生的言論所帶來的影響，而是觀看整場審判下來，持續地做了回顧與檢討。那真是令人感到幸福的經驗。讀書並不值得驕傲或羞愧，卻是一件非得扛起責任的事。不知是否因為萌生這種想法，最近我並不像以往廣泛閱讀。不管怎麼樣，都該小心翼翼才是。所以要是有人說活動搞砸了的話，我也無話可說，不過書也不是非讀很多不可嘛，是不是？哈哈。」

讀書日活動已順利結束，托特里奧市再次恢復了過往的祥和寧靜，市民在公園裏散步、慵懶地睡午覺。在少有客人上門的午後時光，攤販老闆掀開了一本書，《活著的圖書館》。鏡頭一靠近，攤販老闆露出了難為情的微笑。

「因為看書已養成了習慣……」

故事中的故事

書賊，那驚人的歷史

有句話說，書賊不能稱作是賊，貪戀書本的心與單純的物欲截然不同，但真是如此嗎？

有許多書賊都是愛書人士。身為藏書家的教皇依諾增爵十世在擔任主教時，就曾在一名畫家的畫室中竊取書本，結果挨了一頓棍子。教皇尚且如此，更遑論是平凡的修道士呢？雖然這些人立誓要禁欲，但對於書的野心卻似乎是個例外。即便中世紀的修道院用鐵鍊將書綁在書架上，仍無法遏止偷書的行為，甚至最後還對這些竊賊下了「地獄之火將永遠地吞噬他」的詛咒。

另外，也有許多為了滿足私欲而撕下書頁偷走的惡劣書賊。十八世紀初，在英國創立古書學會的約翰・貝克福一生中便輾轉於全英國的圖書館，撕下了三千三百五十五本古書的一部分。儘管他可能是將它們用來當作寫書時的參考資料，但他也不過是將自己的所作所為拿來大肆炫耀並記錄下來而已。可是，後來卻有位名叫約瑟・亞莫斯的人卻受其影響，足足撕下了一萬四百二十八頁的書頁，由此可知，因為這些令人為之氣結的書賊，讓書本吃了多少苦頭。

偷書的人之中不乏學識淵博之人。義大利的黎布里伯爵是在巴黎大學教授數學、遐邇聞名的學者。一八四一年，法國國立圖書館委託其製作歷史文獻的目錄，後來的六年期間，他卻利用自己的職權拿走了古文書，後來在英國賣掉了那些竊取的書籍。在遭到法國政府的懷疑之後，他便逃亡至英國，最後在祖國度過了餘生。還有擔任西班牙語教授兼祭司的人在薩莫拉教區竊取了四百六十六本珍本，販賣給世界各地的收藏家。此外，英國BBC的音樂專家曾在牛津大學基督堂學院偷竊安德雷亞斯・維薩里（Andreas Vesalius）的《關於人體構造的七本書》（又名fabrica）的手抄本；英國一位名為斯蒂芬・伯倫姆堡（Stephen Blumberg）的專門書賊則是輾轉於美國與加拿大兩地，偷走了兩萬三千六百本古籍珍本。

歷史上最惡名昭彰的書賊，要屬一八三〇年在西班牙遭到逮捕的唐・文森，是名修道院的藏書管理者。有一天，他工作的修道院發生了竊盜案，被偷走了貴重金屬與珍本，在此事件之後，唐・文森離開了修道院，隨即在巴塞隆納開了古書店。因為他只購書而不賣書，很快地就受到世人的注目。就在此時，一位名叫帕特霍特的書商收購了一四八二年出版、世界上獨一無二的《瓦倫西亞敕令與公告》。三天之後，帕特霍特的書房失火，他也成了一具屍體，後來祭司、市議員、詩人等接連慘遭殺害，而他們全都與書有關。最後警察盯上了唐・文森，在他的家中發現了唯一的《瓦倫西亞敕令與公告》以及其他犧牲者的書籍。

在法庭上質問他為何要殺人時，「反正人終將一死，但好書非得保存下來不可。」唐・文森泰然自若的回答令在座者錯愕不已。但是，就在律師主張唐・文森無罪之際，檢察官揭露了一項事實——被視為殺人證據的書本其實在法國還有另外一本，因此它並不是獨一無二的。在此之前，不管聽到任何話都從容不迫的唐・文森突然失去了理性，即使到了受刑的那天，他仍遺憾地嘆息：「那本書竟不是獨一無二的！」

實際上，即便不是這麼極端的例子，只要對書的鍾愛偏離了正軌，也會造成不少危害書本或圖書館的事情。威廉・布拉迪斯（William Blades）就曾在《書之敵人》批判愛書人才是真正的書之敵人。比方說，藏書家塞繆爾・皮普斯（Samuel Pepys）制定了極其嚴格的閱覽規定，導致書本無法好好被人所使用；湯姆・菲利浦斯（Thomas Spencer Vaughan Phillips）只一味囤積書本卻從不閱讀，就連那些是什麼書也不曉得。

不僅僅是這種個人藏書家，從某些角度來看，收集大量藏書的大型圖書館也可能對書帶來威脅，因為除了火災或洪水等自然災害之外，也很可能因為成為戰爭或掠奪等破壞行為的目標而損失慘重。此外，管理的困難度也很高。如果在圖書館放錯了位置，那些書本就等同於不存在；就大型圖書館而言，就連要掌握哪些書放錯位置、哪些書遺失了都有困難。此外還有像十六世紀的圖書管理員希勒雷托一樣，把對教會造成威脅的書籍藏匿到圖書館偏僻角落的人。近年來也發現了不少圖書館建築對書本造成威脅的例子，像是為了滿足建築家的野心，讓圖書館的使用者無謂地跑來跑去，或者重視美觀大於實用性，導致建物雖然很龐大，但實際上能保管藏書的空間卻非常有限。包括美國舊金山圖書館在內等世界數一數二的圖書館，甚至還會定期絞碎藏書。所謂的本末倒置，正是如此。

朝聖者之書

皇帝下令：

「把書帶來給寡人，最好的書。」

信受到了驚嚇，大聲疾呼：

「世界上所有的書都在陛下的宮殿裏了，怎麼還說要給您最好的書呢？」

皇帝長長的指甲不停刮弄書桌，搧著扇子的宮女們臉色鐵青地注視著信。

「四方廣達四千里，而你將寡人的影子投射之處稱為世界？你應該沒有愚昧到說出這樣的話來。你讓別人看你笑話的理由是什麼？又或者是寡人太過愚蠢？以至於分不清楚傻子或逆臣？」

猛然從座位上起身的信連忙跪到地上，用力地磕頭，匡匡匡匡匡，鮮血沿著臉頰流淌了下來。

「你會去吧？」

「陛下！」

信不禁痛哭失聲。

信花了一個月的時間涉獵王宮圖書館內的藏書，將書名、作者、書本的樣貌及內容全都儲存在腦袋裏。準備就緒之後，信將家裏的人全叫來，因為這趟旅程不知道會花上多久時間，同時也無法保證能夠活著回來。

「自從許多代以前，我們家的子孫就是擔任藏書官；書是我的命運，也是我們家的命運。這國家的智慧全都由我們家的人經手，在我們的手中匯集、分散，這份莊嚴是什麼也比不上的！在接受陛下之命展開險惡旅程的此刻，我的心之所以能夠安然太平、感到榮耀，原因就在於此。倘若過了十年都杳無消息，你們就當我已經死了，把我揮袖離去的這天當成忌日吧。如果你們之中誰有本事延續這個家的命運，那麼我將死而無憾。」

在家人的一片哭喊聲之中，信走向了王宮。

在槐樹底下的淡褐色馬匹不停地蹬著後腿，信開始小跑步，皇帝以佈滿血絲的紅眼呼喚信。

「載著你離去的千里馬正在悲鳴哪。收下這令牌吧，聽到寡人的名字之後，世界上的城市將會把你需要的東西交付於你。」

信行了九次禮之後退下了。在後退之際，皇帝打鼾的聲音傳進了信的耳中，同時看見搧扇子的宮女張大了紅豔的嘴唇，打了個長長的哈欠。信的心中感受到一股鄉愁，但這鄉愁來得過早，令他不禁大吃一驚，於是他趕緊騎上了千里馬。

咿咿咿——伴隨著強勁有力的啼叫聲，馬兒開始奔馳。淡褐色的鬃毛在空中飄揚，在不知不覺中王宮已化做一個小黑點，消失在視線範圍內。

旭日升起了一百七十次，明月也落下了一百七十次。

在這之間，信已將圍繞皇帝疆土的八個國家全都仔地搜查了一遍，包括八國的王宮、王宮周圍迷宮般的路徑、位於街道頂端的市場、疲於生活的人們休憩的山坡田野，而信的雙眼因此變得濁黃，千里馬也已經換了九次馬蹄鐵。儘管如此，現在仍不是信誇耀自己勞苦功高的時候。

幸虧在信的雙眼疲乏無力之際，有本書攫取了他的視線，是用金粉上色，以瑪瑙與琥珀裝飾，唯有仰賴墨色鏡片才有辦法直視的華麗之書。然而皇帝只說了一句簡短有力的回答。

「難道寡人還缺黃金不成？」

需要一本新的書才行，好比用死刑犯的皮膚製作的刑法書，然而這本對信來說很新穎的書，只換來了皇帝一句嘆息「你這是要我當殺人魔吧！」幸好將龜殼加以綑綁所製成的占書多少撫慰了性子急躁的皇帝。

見到明月第一百七十次隱沒在雲朵之間，信明白了自己必須走得更遠。這一次陪同他上路的仍只有一匹千里馬；雖然如今只要跑上五百里，千里馬就會口吐白沫。

脫離被平坦柏油路與城郭環繞的王國，眼前即是揚起塵土的廣袤原野。儘管火紅的烈陽不停改變容貌，轉為澄黃、皓白、橘紅、紫紅，眼前的風景卻始終如一。

夜晚來臨了，信摟抱著瘦骨嶙峋的千里馬打著冷顫。在湛藍的黑暗之中，一雙黃色眼眸閃現而後消逝。信不曉得自己身體之所以發抖，是因為寒冷、恐懼抑或是寂寞。在他所知道的書中都沒有答案。深不見底的疲勞感迎面襲來。

信一睜開雙眼，發現蓄著大把長鬍子的一群男子弓腰俯視著他，是隊商。

「你迷路了嗎？」

「不是的，我是要去找書。」

下巴垂掛蒼白鬍子的隊商問道：

「書？那是什麼？」

「剷除謊言，使真實永遠留存下來的東西。倘若我的唇舌死去之後仍能說話，那全是因為有書的存在。」

隊商認真地思索了一下，接著突然指著身旁的巨大罈子說道：

「那麼，這也是書嗎？」

信仔細地檢視罈子，那是個從罈口到底部均刻繪圖畫的黑罈。

「這些畫是什麼？」

「上頭描繪的是自從我們部落在大地上落地生根的第一天開始，經歷了四次乾旱與水災，而在化作廢墟的土地上，黑羊之神引領我們至鹽山，直到今日的故事。就像你所說的，是為了在老人的唇舌死亡之後，繼續訴說部落的歷史。」

信端詳著上頭鑲嵌圖畫的鐔子，眼中燃起了火花，千年的歷史都裝存於圓形鐔子裏。

在經歷漫長枯燥的旅程之後，隊商朝著皇帝的宮殿前進。皇帝將獲得鐔之書，而他們也會獲得皇帝所賜予的獎賞。千里馬打起了精神，再度噴出了熱騰騰的鼻息；水和麵包也很充足無匱。信以輕盈的身手跨上了馬背，千里馬身上的淡褐色鬃毛飄揚，意氣風發地橫跨原野。

好運接連不斷。

千里馬在沼澤動彈不得的時候，信眼前一片發黑，感受到深切的絕望。但是聽到求救聲前來的一群男人不僅拯救了千里馬，還帶來了天大的禮物。乳白色的卷軸，他們稱之為莎草紙。信目不轉睛地注視著用晶透無色的葉片堆疊，搖身變成一本美麗書本的過程。

信和他們一同割草削皮，製作出書本；在烈陽西沉之際暢飲啤酒，歌頌太陽辛勞……最後和他們分道揚鑣之日，信像個孩子般嚎啕大哭。

後來，信聽到自己的好運卻導致那些寬厚和氣、知足常樂的人變成皇帝的奴隸時，他不禁啞然失笑。信發現了莎草紙，並帶來了帝國文明，對此皇帝下賜了附有九十九間房的宅邸、足足有五十台推車的黃金以及如犀牛般孔武有力的奴隸，但信只是一笑置之。當時，那些他沒有親眼見到的慘劇，以及未曾享受的榮譽不斷壓迫著他。

然而現在，信像個孩子般哭著上路。

路生山，山成溪谷，溪谷有涼蔭，涼蔭抱江河，江河孕育了原野；路就這麼無限延伸下去。風起雨落，搖曳的樹木發出浪打聲。

信置身於人跡杳然的森林小路，小心翼翼地摸索前進。森林四周霧氣氤氳，模糊了他的視線。千里馬停下了腳步，無論是喝斥或鞭打牠都文風不動。信留下了因恐懼而卻步的千里馬兀自前進，霧氣縈繞在腳踝邊，咻嗚，風聲颯颯。霧氣散去了，信受到了驚嚇，跌坐在地面上。

一望無際的偌大石柱帶著肅穆的沉默迎接信，遭受風吹雨淋，為苔蘚所覆滿的石柱在樹林間自成一片石林。信抬頭仰望高聳入天，彷彿隨時都會倒塌壓下的巨石柱。綠色的青苔之間顯露出白色字體。

令人憐憫的人生啊，你究竟想訴說什麼呢？你無法達臻至高無上的境界，因為未曾誕生於此世上即是最完滿美好的，身穿一襲存在的皮囊，你猶如蜉蝣在世，祈禱吧，舞蹈吧，暢飲且歌唱吧。[38]

是傳說中的秘經。石柱上刻的是曾經嚮往神靈，最終成為神明之後驟然消失的米爾族秘經。信反覆地讀了又讀，直到讀完九百九十九篇石經，腳步踉蹌地走出石碑林之際，發現千里馬已化作一架白骨，駐留在原地。信的手一碰觸到馬背，白骨便迫不及待地瓦解散落，信將馬兒的長脛骨往高空一拋。

「去吧，回到你的主人身邊吧！」

皇帝將整座石碑林原封不動地遷至王宮。

「多虧了你的勞碌艱辛，寡人擁有了天下無雙的石柱圖書館。你的名字將被刻於石柱上，供後人永恆留念。」

至今從未有人接過如此長的諭旨，但信只是用長長的諭旨纏裹住傷痕累累的腳掌，再度上路。

不知從哪一刻開始下起了雪。結冰、雪融了十三次，信的腳趾頭也如同山茶花般咚咚掉落，失去了蹤跡。即便龜速緩行，信仍毫不停歇地往前進，度過了無數旭日初升時啟程，明月

38 引用尼采著作《悲劇的誕生》中希臘神明西勒諾斯（Silenus）所說的話。

展顏時就寢的日子。雙唇遺忘了言語，耳朵遺忘了歌聲，信也遺忘了渾然忘我的自己。

獨獨沒有遺忘的，是書。在雪融的陡坡上滑跤，身體咕咚咕咚地滾動，接著在某一刻突然掉進不知為何物的坑洞裏時，信仍一心惦念著書。

過了一會兒，原本漆黑的視線範圍逐漸明亮了起來。水牛龐大的角正瞄準著信，信頓時屏息凝氣。流逝的時間足以讓信回顧他的一生，可是水牛卻一動也不動。信不由自主地發出了嘆息聲，啊！原來是一幅畫。

洞窟如王宮的長廊般延伸至遠處，沿著牆面是連續不斷的圖畫。趕水牛群的人、穿透身軀的槍與箭矢、如噴泉般湧出的鮮血、慶祝狩獵成果而手舞足蹈的人群……故事直至洞窟最後一個房間才結束。有個人躺在癱倒在地的水牛旁，像是睡著似的；儘管他骨瘦如柴，面容卻很安詳。看到在許久前就陷入沉睡之中的他，信感到嫉妒不已。

要將洞窟之書獻給皇帝並不容易，但也不是完全不可能。信將紙張鋪貼在洞窟的牆面上，小心翼翼地輕敲棉花棒，而數千年來在地下洞窟長眠的野獸和人群、舞蹈與禱告全都在信的指尖上甦醒了。

就這樣，最後埋藏在地底下的書被轉移到數百張白紙上，裝飾於皇帝那陽光燦爛奪目的柱廊上。

「你的忠心耿耿令年邁體衰的寡人大受感動！」

儘管皇帝要他歸國，但信又再度上路了。皇帝的疆土一望無垠，新的王宮持續興建著，而圖書館也總會留下空缺。最要緊的是，心中的渴望一再鞭策著信，讓他不得不去尋求至今未嘗親眼目睹的書。

信拖著體力消磨殆盡的身軀跋山涉水，如今他已成了無人不曉的人物。尋書的朝聖者，為了尋求天下無雙的書、獨一無二的真理，走遍陸地與海洋盡頭之人。信的名字成了傳說，他的人生也成了一則神話；所到之處皆有人群匯集，走過的每條路均撒下了花朵。

為了避開這一切麻煩，信刻意挑選杳無人跡的路徑、分不清是白晝黑夜的幽暗森林行走。在黑森林摸索的某一天，冷冽刺骨的寒氣滲進了體內，信不得不屈膝跪下。突然蹦跳出現的馴鹿，在見到蒼白如蠟像的信之後驚慌地跑掉了。在身影消失之處，傳來了撲通撲通的水聲，信蠕動乾澀的嘴唇，朝著水聲邁出步伐。霧濛濛的陽光灑落在樹木之間，走出森林之後河水也悄然現身。

見到明亮光線底下悠悠流淌的銀波蕩漾，瞬間信也不自覺露出了微笑。他以雙手掬水一飲而下，噙含陽光的清水在體內明亮地擴散開來。身子躺在溫煦的沙子上，雙眼盛滿了藍天。領受著炫目的光芒，信閉上了眼睛。唧唧，啼叫的翠鳥振翅飛走了，翠綠的樹葉在河面上擺盪，信怔怔地凝望流動的河水。

打從多代前的祖先開始，不，在所有父親的母親出生之前，這條河就一直是流動的。即便是在他們化作白骨，歸於塵土之後，河水仍會持續往下流。墨藍色的河水中有星星乍現，洶湧深沉的河水向信輕聲呢喃，於是信趴伏著側耳傾聽。夕陽西沉，夜晚降臨，而後旭日再度東升，星辰閃爍，信依舊文風不動。淚水與墨藍色的河水在信腐敗的眼眸中流淌，世上的所有書本都成了一種姿態，信緩緩閉上了雙眼。

皇上啊，請原諒臣的不忠。

信的嘴角噙著微笑，在無比靜謐的正午時分。

故事中的故事
世上的所有書

人類是在何時有了書本呢？根據至今的研究資料，人類創造文字並開始記錄的時間點約莫在六千年以前。美索不達米亞文明是發源於底格里斯河與幼發拉底河之間，那麼書本也是從此處開始的嗎？這很難說。如果書本指的是用文章或圖畫來表現某種目的和意義的話，那麼書的歷史就必須追溯到更早之前，至少是在三萬年前。後人發現了當時的人們在鹿角等上頭留下記號或圖樣的遺物，而這樣的舉動自然不可能是毫無目的或毫無意義的。

最重要的是，人類的歷史展現了人是一種「閱讀的生物」。太初時人們透過天上星辰閱讀未來，從雷電、洪水與乾旱閱讀神的旨意，從彼此的臉孔閱讀對方是敵是友，從不同的手相中閱讀彼此不同的命運。在為每一個自然現象賦予意義，並以該種意涵再次創造世界的同時，人們自然而然地走向了書。

在這些誕生的書之中，其一便是舊石器時代人類在拉斯科洞、阿爾塔米拉洞與佩赫梅爾洞留下的洞窟壁畫。走進偌大的洞窟，就會看到震懾人心的寫實圖畫與符號沿著壁面開展。洞窟猶如一條長廊，每個房間各有不同的作品，圖畫持續延伸到洞窟最內側的小房間，最後以如死者般躺臥的人作結。此外，也可在佩赫梅爾洞見到人類用手印留下自身痕跡。

研究學者表示，這些畫作自成一個故事，而且由數十幅的作品構成的整個洞窟就像是一本書。儘管迄今尚未揭開書中想傳達的訊息，但這本舊石器時代人類所留下的巨書，無疑展現了人類從數萬年以前就懂得創作和閱讀「故事」；留存於世界各地的石畫、刻有符號的角和碎骨片等，即是此種文化在各區域長期蓬勃發展的證據。

文字的發明正式開啟了書本的時代。西元前三千五百年左右，蘇美人就運用蘆葦筆在泥板上記錄各種資訊與知識。據說「圖書館之王」亞述巴尼拔國王在尼尼微建造的圖書館內就收藏了多達五十萬塊泥板。泥板雖耐火卻無法沾水，加上重量很沉，所以無法乘載許多資訊。在差不多的時間點，埃及人則運用生長於尼羅河流域的莎草製紙來寫字，因為莎草紙張平滑易處理，之後成了書本的主要材料。但這並不代表泥板的傳統就此全然消逝，泥板和從其進一步發展的蠟板仍維持了長久的命脈；單從英文單字book是源自古英語中代表山毛櫸（蠟板材料）的單字boc，就可看出其源遠流長的生命力。

另一方面，埃及、希臘、羅馬等古代文明的發達，莎草紙扮演了關鍵性的角色。人們在莎草的葉子尾端逐一塗上黏膠，然後在木棍上曬乾，製作成卷軸書，接著又替這些書加上標籤，保管於書櫃上。中國、伊斯蘭、美洲等地也曾經使用過莎草之類的植物葉片來當作記錄紙，根據各地區的條件不同，使用椰子樹葉、大麻、亞麻等植物。

不過，莎草紙書在永久性和保存性上出現了問題，而羊皮紙則彌補了它的不足之處。動物皮雖然很難加工，而且費用甚高，但因為能夠修正書寫，所以使用上非常便利。因此直至進入近代，紙張逐漸普遍化之前，羊皮紙始終是受到廣泛使用的材料。尤其是在使用羊皮紙製作的手抄本出現之後，書也發展成了與現今相同的形式。

率先發明紙張的是中國人。中國人使用以竹片製成的竹帛卷軸，但費用與便利性始終是個問題，所以後來發明了混合樹皮、碎布、韌皮纖維所製作的原始紙張。西元前一百四十年左右發明了此種初期型態的紙張，經過持續不斷的發展，才有了質地堅韌又方便書寫的紙張。

伊斯蘭王朝很早就引進中國的製紙術，並製作出足以稱為最佳紙張的大馬士革紙，但由於歐洲對於伊斯蘭心懷仇恨，因此有段時間甚至還禁止使用紙張。因為這種仇恨的心理，導致紙張的便利性變成了無用之物。後來紙張成了印刷術革命的重要樞紐之一，開創了書的全盛期。

從各種方面來看，紙張都是劃時代的材料，不過碰到水火時容易毀損的缺點，被那些夢想永久保存書本的人視為關鍵性的限制。西元五五〇年，中國河北省房山雲居寺的石造圖書館便展現了人們對於永存之書、不會因水火而消滅的書的渴望；刻於梵香寺石柱與洞窟壁面的四百二十萬字石經，更被評為中國佛經之中最具權威者。數百年來，人們都在這座石造圖書館拓印經典，學習佛教上的教誨。

在年代極為久遠之前，人類就利用周圍的所有材料來製書。人類利用石子、動物的角、骨頭、泥土、皮、葉片、石頭、碎布、絲綢、紙張等各種東西來記錄自身想法的心，可謂是一種追求永恆的夢想，因此，書的內容與形式等表現了人類夢想永恆的渴望，而人類的歷史也等於書的歷史。

走出　讀者的誕生

她緩緩地步向圖書館，濕黏的汗水從耳下流至頸項。雖然圖書館座落於山區下方，但因為從大馬路就能一覽無遺，所以沒想到會爬這麼久，而且路還如此陡峭路。但是看到揹著龐大背包的男子超越了她，身穿短裙的兩名女孩子唧唧喳喳地聊天，從她的身旁快速走掉，所以也許並不像她所感覺的那樣是很高聳陡峭的山坡路吧。她停下腳步，從小手提包中取出手帕擦拭汗水，手帕很快就濕透了。明明走不到十分鐘，卻已經滿頭大汗，不知為何總令她覺得有些丟臉。母親只要一出門回來，就會一面快速地脫下衣服，一面慨歎：「啊，這該死的汗水！」她並不像母親一樣容易出汗，可是目前還只是六月初夏，而且不過走了十分鐘，她就已經汗流浹背。

圖書館的規模比想像中要小，窄小的停車場兼庭院不知能不能擺放得下十台車，旁邊有一棵小藤樹，有兩三名男人坐在長椅上吞雲吐霧。整個庭院就只有那兒是蔭涼處，令人覺得一派悠閒。她小心翼翼地瞥看大門旁的公布欄和入口貼的公告，然後走進了圖書館，雖然這是第一次，但她並不想被人發現這件事。入口旁的牆面上有為視障人士設置的盲文版圖書館示意圖，一樓是服務櫃台、兒童閱覽室和書庫；二樓是視聽資料室、館長室和行政室；三樓是綜合資料室、閱覽室；四樓是會議室、閱覽室；五樓是天台。

她暗自思忖，書庫、綜合資料室和閱覽室之中哪一個才是看書的地方。緊閉的鐵門上貼著一個寫有書庫的木牌，門關得密不通風，也沒有出入的人，她於是決定先到三樓。電梯處於暫停使用的狀態，為了避免又滿頭大汗，所以她緩慢地爬著樓梯。一爬到三樓，就看到綜合資料室透明玻璃門的那端一排排的木製書架，而她毫不猶豫地走進了那裏。雖然有兩名女人和一名男人坐在入口，但他們並沒有朝她投來視線。

自從大學時期出入學校圖書館之後，這是她第一次來到圖書館，走進塞滿書本的書架之間。看到一整排的書架，她覺得自己好像緊張得快打嗝了，但是發現這只是個無法和大學圖書館比較的小圖書館之後，便又安心下來。坐在入口的男人意識到她停下來喘口氣，正打算搭話的瞬間，她朝內側邁出了步伐。

她原先就沒打算要讀哪一本書，就連非得要看書的想法也不很明確。只是想離開家裏，離開那個母親咬緊牙關、扭曲身子，緊抓著馬桶不停乾嘔的家，找個能夠暫時放鬆休息的空間，然後想起了這兒。她心不在焉地掃視書架，想要選定一本書。不管是什麼書都好，她想選一本書，然後像那幾個人一樣，坐在陽光斜照的窗邊書桌前展讀。誰也不曉得他們是否真的在翻書閱讀，或者只是將書頁攤放在陽光底下做日光浴，然後打著瞌睡。她希望能像他們一樣坐下，不受到任何人的妨礙，也不需要說明什麼。如此一來，她就需要一本書。

不管是什麼書都無所謂，只要是書就好，但她依然無法爽快地挑出一本。這裏有太多的書，而且都看起來十分陌生。即便比起她記憶中的圖書館，這是個規模極小的圖書館，但是看到將書架塞得毫無縫隙的書籍，又覺得書架不斷延伸，彷彿沒有盡頭似的，而所有書都在主張自己的存在，不斷壓迫著她。她看了看手錶，離開家裏已過了三十五分鐘。母親應該還在睡夢中，但剩餘的時間不多，於是她開始感到焦躁不安。

她駐足在一個書架前面，希望能有吸引她目光的書本出現，並從最頂端的那一格開始掃視書背。藝術家的誕生、最特別的美術館之旅、梵谷的信、空間的詩學、高帝百年之夢、敲敲打打我的家，熟悉的名稱參雜在陌生的書名之間，這給了她一種近乎自信的安心感，不過她沒有伸手取出任何一本書，反倒覺得那些名字像是自己過去放在心上卻無法信任的他人一般。過了一會兒，白色書背上以天藍色草書體寫成的書名《世上的一幢房子》映入了她的眼簾，作者的姓名看起來很生疏。用墨水描繪的地球上頭有個小巧玲瓏的雙層瓦房，天藍色的背景很漂亮。她拿著書走向了無人的六人用書桌，木椅坐起來硬梆梆的，而且很冰涼。她挺直了腰桿，端正地坐著翻開書。

「在紐約的第一個晚上，我隻身在無人相識的陌生異國徹夜不眠，夢想著世上能有一幢自己的房子。我在心中描繪著一幢雅致溫馨的雙層住家，裏頭有爸爸夢想的暖爐式客廳，媽媽期望的愛爾蘭式廚房，還有替漂亮的妹妹準備的小巧閣樓房間，藉此忍受如狂風般襲來的孤單。貧困與孤獨可謂是這棟建築的源頭，是我永遠的鄉愁……」

她打起了哈欠，進度一直停留在同一頁。雖然內容和她的想像不同，但沒想到閱讀兩頁的序言竟會如此困難。這實在太奇怪了，她甚至覺得自己很沒用。從眼睛閱讀文字到大腦理解內容之間延遲了許久，各種噪音則趁隙鑽了進來。「要是能像妳父親一樣一死了之該有多好……別擔心醫療費，好好照顧媽就行了……要對媽好一點，她再活也沒多少時日了……能夠這樣盡孝道也是妳的福氣……真擔心我死後妳怎麼辦，誰來照顧妳……」

她將目光從書上移開，環顧周圍。在正前方書桌使用放大鏡的老人邊作筆記邊看書，隔壁的隔壁則坐著一位邋遢的中年男子，他像是被書的氣味給迷惑似的，將鼻子貼在書本上頭；另一邊有著稀疏白髮的女人則盤腿而坐，面容嚴肅地注視書本；斜對角頭髮短得像男孩子般的女學生以飛快的速度翻閱一本厚書；隔壁書桌有一位體格壯碩、年約半百的男人在身旁堆放了貌似小說的五、六本書，嘻嘻哈哈地笑著；坐在窗邊的青年則將兩本書並排放著，埋首苦讀。除了在她背後將三、四本書拿來當枕頭趴著睡覺的男人之外，大家都很專注閱讀。她突然覺得很孤單，忘記了其實自己並不是為了看書才來到這裏。她懷著苦澀的心情，默默接受了這個空間拒自己於千里之外的事實。

她從座位上起身，將書擱放到還書架上，走出圖書館，步上回家的路途。母親已經醒了，細髮雜亂地黏在白色枕頭上。母親用手將不好抓起的髮絲一根根取下，在手掌心捏成一團，接著將宛如鐵絲刷的一團灰髮遞到她面前，嘆了一口氣。「唉。」她則是在心中嘆息，如果可以的話，真想再次奔回圖書館，那個拒自己於千里之外的空間。

次日，她又在差不多的時間爬上了坡路。雖然母親沒有入睡，但姊姊買了午餐食材回來，會在家中待三、四個小時。初夏的陽光炙熱無比，讓人揮汗如雨，但感覺坡路走起來比昨日平順多了。藤樹下依舊和昨日相同，有幾名抽菸的男人，電梯也依然是暫停使用中。她沒有停下腳步，而是逕行走上階梯，進入了綜合資料室，接著和坐在入口的女人四目相交。那雙眼眸絲毫不帶有一絲好奇心，僅在她的臉上停留片刻就移開了。

她選擇和昨日不同的動線，沒有往前走，而是拐向左側，走向位於閱讀桌和入口之間成排的書架。書架足有打開雙臂再加上一隻手臂長的寬度，上頭黏著「新書」的小型標示牌。她懷著些許期待與雀躍，端詳放在上頭的書本，關於電腦、兒童福利學、企業經營、淡水魚、歌德和壬辰倭亂的書全都一股腦地擺放其中。她不自覺地嘆了口氣。升上大學之後，首次進入開架式圖書館時，她曾因為頭暈目眩，倚靠在書架上站了好一會兒。世界上竟有如此多的書籍，要讀的書居然有這麼多，她心中想著。因為頭暈得太過厲害，她完全無法專注看書，甚至有很長一段時間，她都拒圖書館於千里之外。無法懷抱的夢想，曾經令她難以忍受，可是這小小的書庫又再次令她感到頭暈。雖然這兒有許多書本，她也有心閱讀，其中卻沒有想讀的書，沒有一本她擱在心頭上的書。

她將雙手放下，從最上方緩緩往下掃視新書新穎的書背，過了一段時間，開始感到頭暈眼花。她取出了一本書，在書桌前坐下並翻開書頁。在那些依然專注於讀書的人之間，她將雙手交疊趴在書桌上頭，陽光輕輕灑落在閉闔的眼皮上，敞開的窗外有鳥兒鳴唱。雖然她自己並未察覺，不過緊繃的唇形也跟著放鬆了。

隔天，隔天的隔天，還有隔天的隔天的隔天，她都去了圖書館。早上等待母親結束吞下食物再嘔吐的一連串過程，然後筋疲力竭地進入夢鄉之後，她就會快馬加鞭地離開家裏。她在圖書館逗留的時間為一小時半左右，來回需要十多分鐘——如今她可以腳步飛快地爬上坡路，中途不需要停下休息——加起來也不超過兩小時。換作是之前，吃飯、睡覺、工作、玩樂都很理所當然到令人厭煩，像這種時間只能算是從這件事到那件事、從這裏到那裏的一種轉乘概念，不過對眼下的她而言，這是一趟旅行。光是想到能離開家裏，她的腳底下就像是鋪了一層雲彩，日常生活變得輕飄飄的，變得能夠忍受。

她準備了一本巴掌大小的手冊，在封面上插了一支原子筆，口袋內放入幾枚百圓銅板，走出家門。她在圖書館二樓的咖啡販賣機買了咖啡牛奶，然後在三樓窗邊的位置上坐下，邊啜飲咖啡邊讀書，偶爾在手冊上記下書中的某段話，或是搔首沉思。每天讀的都是不同的書，但沒有一本自始至終讀完。她會按照當天的心情環顧書架，挑選一本書展讀。就像是跟著朋友和素昧平生的男孩子們聯誼，從男孩子交出的原子筆、打火機、鑰匙圈和一根菸之中挑選時一樣，憑著書封來碰運氣。其實當時她原本想拿起那根菸，可是在頃刻之間，就連她都沒察覺自己猶豫的剎那，朋友拿起了那樣物品，因此她只能無可奈何地拿了打火機。她看見香菸男朝著朋友咧嘴笑了一下。那位男生雙眉濃厚，他和朋友喝完一杯咖啡之前就走出了茶坊，而她有氣無力地目送兩人離開。而打火機男則抽著菸，朝她的臉龐噴出白菸，傲慢無禮地問：「那我們也走吧？」他們走出茶坊，在山坡路的尾端各奔東西。雖然她想不起打火機男的臉孔，但香菸男白皙的臉龐與一對濃眉令人印象深刻。她等待著那樣的書，偶然相遇，又難以忘懷的書。

看到癌症病房的指示牌之後，瞬間胸口撲通跳個不停。起初她感到很詫異，怎麼能夠使用如此露骨的名稱。即便知道那就像是小兒科病房或復健病房一樣自然不過的名稱，她卻總是驀然停下腳步。「癌症病房」，那也是前蘇聯作家索忍尼辛（譯註：一九一八～二〇〇八，蘇聯傑出作家、歷史學家、社會運動家，也是諾貝爾文學獎得主。一生追求公平與正義，著作包括《伊凡．丹尼索維奇的一日》、《地獄第一圈》、《癌症病房》、《致蘇聯領導者的一封信》等。）在全世界聲名大噪的小說名稱。她沒有讀過那本小說。癌症病房這個枯燥乏味的標題，加上反體制作家的頭銜，剝奪了她對這本小說會產生的好奇心，即使是實際站在癌症病房前面，這份消逝的好奇心也沒有死灰復燃。

時逢夏季，癌症病房的走廊上仍陰冷晦暗，但走廊的盡頭，患者和監護人齊聚一堂的等候室又是另一番風景。那個地方散發著藥物的氣味，以及患者毫無生命力的皮膚所散發出來的酸澀刺鼻味，就連空調冷氣過強，搓揉起雞皮疙瘩的手臂時，腦袋都會沒來由地一陣發熱。會這樣的人不僅僅是她。母親脫下帽子，露出像是沒植草皮的墓地般光禿禿的頭顱，邊咕噥著要買一頂更涼爽舒服的帽子，邊留意起其他女性患者所戴的帽子。可是只要護士提著放有藥物和注射器的盒子走近時，母親就會變得很安靜，就像一尊雕像。沒有護士能一次就在母親青一塊、紫一塊的前臂上找到血管，當偌大的針頭扎上一次兩次三次之後，護士就會失去耐性，咬緊牙關的母親臉孔上混雜了汗水與淚水。她取出手帕，替母親擦拭充滿恐懼、氣色蒼白的臉龐，並且緊緊握住母親另一隻沒有插針頭的手。紅色的藥水蠕動著往下流，使母親凝固的血管微微顫動。母親發出了低吟聲，靜靜注視這觸目驚心的一幕。

即便這六個月的期間，已經反覆了多達六次，母親仍無法對這份痛苦免疫；而她也無法對這段時間免疫，痛苦總是清晰鮮明地襲來。

母親每次都會潰堤。她攥緊自己變得冰涼的拳頭，將母親的樣子看在眼底。她是如此迫切地需要母親，但儘管如此，她真真切切地感受到，與母親之間如冰川深溝般的隔閡，兩人絕對無法感受彼此的事實。她覺得很害怕，害怕這不知該如何是好的迫切感，害怕儘管她百般迫切也沒轍的孤獨。一言以蔽之，就是害怕命運。

「真希望能這樣一死百了。」還沒走到外頭之前，母親邊戴上帽子邊說。她的眼睛略略抽搐了一下。其他患者也都要打針，甚至他們會單槍匹馬前來，但唯獨母親每次喊著「我快死啦」、「死了最好」，對此她感到很生氣。同時也心生委屈，為了這樣的母親，自己置身在絕望中瑟瑟發抖。她討厭將這樣的母親丟給她，偶爾才會跑來裝孝子的兄弟們；也怨恨談了很長的戀愛之後，偏偏在母親發病之前分手的昔日情人。她想揪住對經營一竅不通，導致自己弄丟了好不容易找到的工作，碌碌無能的社長領口。可是憤怒最後的箭靶總是自己——一方面戰戰兢兢地擔心母親會長眠死去，另一方面又對照顧母親感到厭煩。這卑鄙的心理令她作嘔。

回到家之後，她隨即跑到了圖書館。儘管難得來家中一趟的嫂嫂挽留她，說買來了鰻魚便當，但她頭也不回地就離去了。她所需要的不是白米飯，而是時間，獨處的時間。

爬上階梯的同時，她決定要找關於死亡的書來看，但是資料室入口貼的韓國十進分類表上沒有「死亡」這個項目。她稍作猶豫，走向了哲學區。哲學是探究人類問題的學問，所以應該也會有許多談論死亡的內容，但是哲學書架放滿的不是關於哲學問題，而是關於哲學家的書。她看見書名上寫著蘇格拉底、柏拉圖、笛卡兒、尼采等名字，以及存在論、形而上學、唯名論、實體、現象、現象學等讓人毫無聯想、冷漠無情的詞語，但沒有該生或死，如何生，如何死之類的提問。關於人生的書很少，關於死亡的書就更稀少了。《該如何迎接死亡》、《致死之病》、《在死亡面前的人類》、《死亡的瞬間》，在橫向四格、直向七格的三個書架中，取出了最為眼熟的《致死之病》，接著翻閱兩三章之後，再次放了回去。沒有時間在故弄玄虛的句子中繞圈子了。她倏地感到一陣焦躁。時間不多了。她心想，如何迎接死亡是母親的問題，反正死亡的瞬間尚未來臨。她取出了《在死亡面前的人類》，走向一如往常的座位，翻開了書頁。連續好幾張都是不清晰的全彩圖畫，最後一張圖不知原本就是如此，或者印刷得不好，除了躺臥在床上的「斷氣的妻子」之外，一切都模糊不清。在死亡的女人身旁有一樣黑色的物體，但不管如何細看都無法摸清它的形體。她帶著些許狼狽與好奇翻開了書，最早人骨化石的黑白照印在簡短序言旁，吸引了她的目光。她端詳著如斜躺般彎曲腿部的尼安德塔人遺骨，心想著，他過了什麼樣的人生呢？他知道自己死了嗎？知道自己會以這種姿態躺在泥土中嗎？她的胸口下方突然感到一陣搔癢。

書中的每一頁刊登了滿滿黑白照和圖案，充滿了陌生的故事。有一段時間她專注地看著書，老舊的冷氣機嗡嗡作響，頭上的電風扇每隔十秒就會吹往書桌，所以必須用手掌壓著書頁，但她一點也沒覺得麻煩。然後在某一瞬間，她突然意識到噪音和吹拂的風，才將目光從書本上移開。她看到了每次都會見到，因此變得熟悉的那些人——抄寫筆記的老人，盤腿坐著、白髮蒼蒼的女人，體格壯碩、年約半百的男人，以及總是一臉真摯的青年。脈搏緩緩地跳動著，腦袋感到很清爽暢快，時間已過了一小時半，她覺得非常滿足。

母親既無法進食，也無法入眠。注射了紅色的藥物之後，原本就會引起明顯的副作用，但這次情況更嚴重了。吃了兩匙稀飯就吐，喝了水蘿蔔泡菜湯也吐，就連只是嗅聞到食物的氣味也會嘔出酸水。「唉唷，我快死了。」母親的五官全皺在一塊，她在地板上痛苦打滾，然後跑到廁所去，緊抱著馬桶不斷嘔吐。「就算會嘔吐，仍然必須進食。」醫生斷然說道。為了買到價格便宜、品質又好的韓牛，她在清晨六點去了市場，而一大早就睡不著的奶奶們和勤奮的商人已在肉店前排了長長的隊伍。她等了一個小時半，買到如抹布般汙穢的重瓣胃，然後清洗、處理了三個小時，準備好飯桌。自從上次打完針之後，母親唯一吃的食物就是重瓣胃，但這次卻完全不瞧飯桌一眼。她心想母親也許晚點會吃，於是將飯桌再次拿了進來，卻被扭動掙扎的母親給弄翻了。她撿起散落滿地的食物，用衛生紙和抹布擦拭乾淨，而母親又開始呼天喊地：「哎喲、哎喲，我快死啦，有誰知道呢？有誰知道我這麼辛苦呢？」她嫉妒起母親的痛苦，不管做什麼事都能獲得允許。她氣急敗壞地將抹布洗好晾開之後，愣愣地望著母親，直到姊姊叫了她一聲：「在做什麼？」她用姊姊買來的小菜擺了第三次飯桌之後，餵了兩口，母親又衝向了廁所。她沒有將飯桌端出去，而是拿起了湯匙，早上沒吃飯，所以肚子很餓。「嘔、嘔」，她聽著像是要把空腹都挖出來的嘔吐聲，吃下了抗癌效果卓越的燉香菇、高麗菜包飯和涼拌花椰菜。「妳飯吃得可真香啊。」姊姊看到空碗後說道。「我連早餐都沒吃。」「有誰說什麼了嗎？是說幸好妳吃得很香。」她雙手捧著飯桌走出來。

房內傳出了搖籃曲。

「媽，妳還記得這是小時候媽唱過的歌曲嗎？我在哄寶寶睡覺的時候，每次都只哼唱這首歌，唱著唱著就想起了媽，然後情不自禁地掉下眼淚。媽，我們的媽，很疲累吧？要打起精神，神雖然會給我們試煉，不過這全是為了我們好，所以心靈不能變得脆弱，要加把勁才行喔。」

姊姊一如往常，等待著母親說一聲「那是什麼樣的神？」但母親依然悄然無聲。即便是現在，她也想去圖書館。但是姊姊說了一句：「媽，我明天再來。」然後走出房間，朝她眨了眨眼睛。「媽現在似乎好點了，我現在要去兒子的學校。對了，重瓣胃我帶走了，媽說她沒辦法吃，喉嚨變僵硬了，難以下嚥。」姊姊離開之後，她呆若木雞地站立，母親入睡之後，整個家中靜悄悄地。灰白的陽光猶如蒙上塵埃的時間匯聚於地面，如果可以的話，她想用腳去輕輕踩踏，連同依稀可見的影子也一塊使勁壓住，推入逐步接近的黑暗之中。

鈴鈴，電話聲響起了。是哥打來的。「醫生說什麼？媽呢？要好好照顧媽。」掛上電話後不一會兒，換嫂嫂打來。「媽怎麼樣了？該吃點東西才是呀。」緊接著阿姨打來了相同的電話。「媽媽呢？媽媽呢？」她拉開了冰箱中的啤酒拉環，咕嚕咕嚕地大口喝下，結果被嗆到了，狂咳了一陣。眼角上凝結著淚水，她不禁噗哧笑了出來。「欸、欸」，從睡夢中醒來的母親呼喚她，準備了今天以來第四次的飯桌。

再次落坐於圖書館窗邊位置時，她的視線有好一段時間在印刷字之間飄忽來去，找不到方向；不久前令她如此熱衷閱讀的《在死亡面前的人類》如墓碑般冰冷而硬梆梆的。就連她都感到困惑，為什麼自己會為這本書著迷。她將手擱放在書本上，陷入了沉思。是什麼改變了？不管是我或是書本都沒變啊，是什麼造就了這種陌生感？

來資料室的人比過去其他日子來得多，她的隔壁以及隔壁的隔壁都有讀書的人。半百男人眼前堆放了好幾本《三國志》，手上也拿著一本閱讀；旁邊一位年輕女子正在仔細研究食譜；對面看起來像是高中生般，鼻尖長滿雀斑的男孩子很專注地閱讀電腦程式書籍。大家都選了當下自己需要的書來看，但無法確知明天他們是否還會讀那本書，不，是否還能讀得下那本書。

倘若他們的妻子、子女、母親突如其來地患病倒下或死亡，他們熱衷閱讀的書就會瞬間失去用處，被他們所遺忘。不論如何懇切，都只能維持剎那而已，沒有什麼是永恆的。她翻閱著書頁，看著有瘦骨嶙峋的骷髏出現的圖畫、各種樣貌的墳墓與墓碑、印有死者臉龐的圖片與照片。比起死者的苦痛、驚慌失措、絕望、孤獨，她看到的是生者的回憶、恐懼、悲傷和掙扎在放聲吶喊。她闔上了書本。也許期望在書頁上捕獲死亡的願望本身就是錯誤的事。她的後頸感到很緊繃。

啪啪啪啪啪啪啪。

突然響起了一陣掌聲。她抬起頭，原本埋首於書本之中的人全都抬頭尋找掌聲的來源處。前方的老人只是泰然自若地看著書，絲毫不在乎眾人的視線。是搞錯了嗎？你看我、我看你，不知所措的視線互相交錯。她看見老人的嘴角上透露出淺淺的笑意，她很想開口詢問老人。「您為什麼拍手了呢？」一嗯哼，老人笑了笑。「妳很好奇嗎？」

「是的。」

「妳在看書嗎？」

「是的，每天都來這裏看書。」

「可是妳還是會好奇？呵。」

「呵。」

眼前霍然變得明亮起來。書有如此之多，而她目前還有時間。她趕緊走向了書架，書名《臨終者的孤寂》吸引了她的視線。雖然不熟悉這個名叫諾博特・伊里亞思（譯註：Norbert Elias，猶太裔德國社會學家，著有《文明的進程》等重要作品。）的作者，但那毫不在乎他人眼光的文風很快就令她傾心。她不斷翻閱書頁，速度越來越快。

慢慢走向衰落的事實使這些人與生活隔離，這是最痛苦難熬的事；從生者的共同體之間，默許將年邁者、臨終者分離開來，和親朋好友之間的關係漸次冷卻，這是最令人痛苦難熬的。

在將句子抄寫到手冊上的同時，原先撲通跳個不停的心臟慢慢恢復了步調，激動雜亂的思緒也變得井然有序。她想起了母親，手腳變得烏黑紫青，髮絲稀稀落落，面容如骷髏般乾癟瘦削，一會哭鬧一會嘔吐，咬緊牙關發出悲喊，埋怨、哀嘆與詛咒齊發的母親；就連她感受一絲同情的自由也一併剝奪的母親。可是，不過就在一年前，不對，在去年秋天醫生診斷出癌症，動完手術之後，開始進行抗癌治療之前，母親依然美麗優雅、屹立不搖，讓他們這些旁觀者感受到生命無窮的可能性。五十一歲時，孩子的爸驟然離世，但仍將三個孩子拉拔長大，肩負起一家子生計，堅韌不拔的女人。反覆過著相同的日子長達六十多年，卻從未表現出覺得枯燥乏味的樣子，總是過得很勤奮、充滿活力的女人。她發現自己將這一切不留痕跡地遺忘了，只記得這八個月的母親，將這八個月的母親當成了全部，感到厭煩透頂，並離得遠遠的。她雖然覺得愧疚，但客觀地認知到這是生者與瀕死者之間的距離、不安與孤寂。胸口隱約地發酸。她打從心底理解了母親，明白母親之所以反覆叨絮著苦痛，不單單是因為肉體上的疼痛，而是獨自死去之人在表露自身的孤寂；她也明白了在母親的痛苦面前，自己總是皺眉緊閉雙眼的原因，不在於不愛母親，而是源自於幫不上忙、給不了愛的無力感。她明白了，只有自己領悟了這一切。啊！重新頓悟的人生喚醒了藏匿在她體內的憐憫與愛，她連忙回到了母親身邊。

說不定母親正獨自死去呢。

忽地睜開雙眼的母親說：「我醒來之後，叫了妳好一陣子，嘴巴乾渴得好像就要裂開了，還以為我就要這麼孤零零死去了，覺得好害怕。」她猛然站起身，打開了窗戶。紫薇樹下一片火紅。她用手指按了按泛淚的眼眶，暫時站了一會，接著轉過身露出了微笑。她一點一點地餵母親喝下已經變涼的靈芝茶，輕輕用濕毛巾替母親擦拭臉部和雙手。挑除新鮮鮑魚紅色的牙之後，加以剁碎，煮成了鮑魚粥。為了避免味道擴散出去，她將廚房的門關了起來，料理時汗水從後頸、腋下、胸口和膝蓋後側不停滴落。母親皺起了眉頭。

「有餿臭味，走開一點。」

她領悟到，痛苦是很自私的，痛苦只能專注在痛苦上頭，絕不允許有關懷他人的心思，所以承受痛苦之人變得孤單，與世界漸行漸遠。

她感到很欣慰，希望能將方才的領悟告訴母親。她取出了手冊，在諾博特・伊里亞思的語句底下寫下自己的；它們並排在一起，看起來煞有其事。她換了一套衣服，緊挨著母親坐下，安撫不停嫌棄食物、搖頭拒吃的母親，讓母親吃下了一整碗粥。這是第一次看到食物見底，就連母親都嚇了一跳。「我全吃完了！」母親凹陷乾癟的臉頰上浮現了一抹淡淡紅暈，她也感到心滿意足。

*

她踩著緩慢的步伐走向圖書館。雖然應該是季節更迭的緣故，但睽違一百天踏上的路途像初次般陌生。雪片在地面上堆疊結凍，上坡路走起來很滑，在慢吞吞爬行的她身旁，有三四個男孩子嘻嘻哈哈地疾速滑行下去。看到那些孩子走過的地方光滑晶亮，她已經開始擔心起走下坡的時候。可是打開三樓資料室的門，走進去的那一刻，擔憂瞬息消失得無影無蹤。坐在入口的女人原本面露欣喜，打算以眼神和她打招呼，但隨即看到她頭髮上別著白緞帶，驀然受到了驚嚇。她裝作若無其事地經過女人身旁，走向了書架區。在塞得密密麻麻的書本之間，《隨想錄》——追尋並記錄下思緒的厚書——悄悄地遙望著她。於是她不再猶豫，拿起這本如木枕般沉甸甸的書，坐在能望見冬日森林的窗邊座位上，在眾多陌生的臉孔之間看到熟悉的臉孔，凍僵的身體也跟著放鬆下來。此時此刻的她，思索著更為深奧的事情——關於人生，還有使人生命延續的是欲望，是恐懼，抑或只是習慣。她呼出了短暫的嘆息。除了規律的呼氣、吸氣之外，使各自的人生延續的究竟為何物？

母親在大半夜被送到急診室，口鼻戴著成串的呼吸器，躺臥三天之後，離開了人世。在吸吐一輩子的氣息完全抽離的那一刻，母親什麼話也說不出來，也認不出任何人。她獨自迎接死亡，躺在一生中從未信奉的神的標誌下方。她沒能拯救母親，不管是從死神的手中，或是免於遭受污辱。偶爾，她會費力地回想母親生前最後的話語。想到媽說的可能是「我好想死」，就會將這句曾經厭惡到極點的話當成安慰，在不知不覺中睡去。但如果想到母親可能是說「陽光真舒服，春天就快來臨了呢」，就會感覺眼睛好似整晚都沐浴在明亮陽光之中。

大概是起風了，堆積在枝椏上頭的雪球啪噠掉落地面，空蕩蕩的樹枝顯得幽黑乾枯。春天的腳步還很遙遠，令人不禁好奇它是否會再次到來般悠遠。有人全身顫動地打了個噴嚏。或許人生不過是像一聲噴嚏之類的吧。她的腦海浮現了母親生前最後的模樣，面容安詳，清澈到毫無污點。總有一天，這輩子撼動全身的紛紛擾擾都會獲得寬恕。她緩緩地轉移了視線，雙手整齊擺放在厚重偌大的書本上。

她翻開下一頁，浮躁喧騰的噪音平靜下來，只剩下她與書本。她的視線停留在也許很久以前她曾經畫過底線的語句上。道路位於其他方向，盡頭則在那黃泉。關鍵在於知道怎麼做，才能變得像我自己。她點了點頭，雙唇化為一抹微笑，窗外落下了猶如塵埃般的輕盈雪花。

作家的話

朋友問我：

「完全不讀書的人和只會讀書的人之中，哪一種人比較好？」

竟然若無其事地問這種叫人難堪的問題！若是過去相信書中自有出路的我，一定會毫不猶豫地選擇只會讀書的人，但是……在猶豫了許久之後，我選擇了完全不讀書的人。這是因為身為一名讀者、編輯、作者的我，曾經遇見了只會讀書的人，也曾經是個只會讀書的人。而我變心的痕跡，都在這本《活著的圖書館》之中。

十年前，我離開出版社之後所寫的書，即是小說集《朝聖者之書》，當時我在「作家的話」裏頭，寫下了突然要寫小說的原因。

我在讀書、寫書、出版書籍之中度過了相當漫長的歲月，也有很多心生懷疑的時候。先不說整個世界了，就連人類的一點微小錯誤都無法糾正，我不禁懷疑，書能有何用處。

雖然這個世界讚揚大家要廣泛閱讀，但我想要寫出關於書不安分的想像。這多少是因為天生反骨，聽到大家都說好時，我就存心想唱反調；同時也來自於習以為常的悲觀性格——「世界沒有絕對好的東西」。更進一步來說，是因為我相信，書原本就是不安分而危險的東西。

這份心思迄今仍無改變。我仍像當時一樣，會詢問書為何物，讀書能對人帶來什麼幫助，並有所懷疑。若要說我有何改變，那就是看到不管讀再棒的書仍毫無改變的人，我不再投以責難的視線，而是感到深深惋惜。但這並不是因為我變得寬宏大量，而是因為領悟到，我其實就是那個人。儘管對書本存疑，我卻懷著一份無法放下書的迷戀；倘若因此有了什麼收穫，那也僅是稍稍地瞭解「我」這個人罷了。這麼說起來，書也並非一無是處。

書籍出版之後，經過了就連江山都足以改頭換面的歲月。就算想要彌補當初的不足之處，但那也不過是貪心而已。令人感激的是，西海文集（譯註：出版修訂版的韓國出版社）為陳舊的書本注入了新的生命。此時正好也聽到台灣會出版中文譯本的好消息。多虧於此，我獲得了能夠修改此書瑕疵的珍貴機會。我再次回到初衷，修補初版的小說，並在前後放了兩篇新的作品，完成了修訂版。

首篇〈沙塵之書〉是一幅宛如童話般的短暫想像，也是所有故事的起點。雖然初版時沒能放進這篇作品，令我感到很抱歉，但如今它回到了自己的位置上。如果說〈沙塵之書〉是序言的話，那麼最後一篇小說〈讀者的誕生〉就是篇幅稍長的結語。雖然是去年才發表的近期作品，但其實已在我的心中打轉許久。在撰寫這篇小說的同時，身為讀者的我，驕傲與羞恥反覆交錯，但最後也得以回顧我那微不足道的人生。如果閱讀此書的你因此獲得那般時光，夫復何求。

雖然每天都會上圖書館，一面替疲乏的眼睛熱敷，一面閱讀書本，但我真正想閱讀的，是你。然而，我卻依然在你的背後閱讀著書，感到羞愧、抱歉與感激。

二〇一八年，凝望著春天來臨的仁王山，提筆寫下此文

參考文獻

국립고궁박물관, 《꾸밈과 갖춤의 예술 장황》, 그라픽네트, 二〇〇八

김경미 · 조혜란 역주, 《19세기 서울의 사랑 – 절화기담, 포의교집》, 여이연, 二〇〇三

김탁환 외, 《한국 고전소설의 세계》, 돌베개, 二〇〇五

남태우, 《도서관의 신 헤르메스를 찾아서》, 창조문화, 二〇〇五

노르베르트 엘리아스, 김수정 옮김, 《죽어가는 자의 고독》, 문학동네, 一九九八

니콜 하워드, 송대범 옮김, 《책, 문명과 지식의 진화사》, 플래닛미디어, 二〇〇七

다나카 준, 김정복 옮김, 《아비 바르부르크 평전》, 휴먼아트, 二〇一三

다음카페 http://cafe.daum.net/gd25/EDdd/38, <인피로 제본한 책의 역사>

로제 샤르티에 외, 이종삼 옮김, 《읽는다는 것의 역사》, 한국출판마케팅연구소, 二〇〇六

뤼시앵 폴리스트롱, 이세진 옮김, 《사라진 책의 역사》, 동아일보사, 二〇〇六

마쓰오 바쇼 외, 김향 옮김, 《하이쿠와 우키요에, 그리고 에도 시절》, 다빈치, 二〇〇六

마에다 아이, 유은경·이원희 옮김, 《일본 근대독자의 성립》, 이룸二〇〇三
매튜 배틀스, 강미경 옮김, 《도서관, 그 소란스러운 역사》, 넥서스북스二〇〇四
모로 미야, 허유영 옮김, 《에도 일본》, 일빛二〇〇六
미셸 드 몽테뉴, 손우성 옮김, 《몽테뉴 수상록》, 동서문화사二〇〇七
바트 어만, 민경식 옮김, 《성경 왜곡의 역사》, 청림출판二〇〇六
백순덕, 《예술제본》, 안그라픽스, 二〇〇六
브뤼노 블라셀, 권명희 옮김, 《책의 역사》, 시공사(시공디스커버리총서), 一九九九
세르주 위탱, 황준성 옮김, 《신비의 지식 그노시즘》, 문학동네, 一九九六
소피 카사뉴 브루케, 최애리 옮김, 《세상은 한 권의 책이었다》, 二〇〇六
안춘근, 《옛책》, 대원사(빛깔있는 책들), 一九九一
알렉산더 페히만, 김라합 옮김, 《사라진 책들의 도서관》, 문학동네, 二〇〇八
알베르토 망구엘, 정명진 옮김, 《독서의 역사》, 세종서적, 二〇〇〇
우베 요쿰, 박희라 옮김, 《모든 책의 역사》, 마인드큐브, 二〇一七
윌리엄 블레이즈, 이종훈 옮김, 《책의 적》, 서해문집, 二〇〇五
이광주, 《아름다운 지상의 책 한 권》, 한길사, 二〇〇一
이광주, 《아름다운 책 이야기》, 한길아트, 二〇〇七

이민희, 《조선의 베스트셀러》, 프로네시스, 二〇〇七

조르주 장, 이종인 옮김, 《문자의 역사》, 시공사(시공디스커버리총서), 一九九六

진순신, 조형균 옮김, 《페이퍼 로드》, 예담, 二〇〇二

최기숙 외 옮김, 《남원고사》, 서해문집, 二〇〇八

크리스토퍼 드 하멜, 이종인 옮김, 《성서의 역사》, 미메시스, 二〇〇六

필리프 아리에스, 유선자 옮김, 《죽음 앞에 선 인간(상.하)》, 동문선, 一九九七

한국고소설연구회, 《고소설의 저작과 전파》, 아세아문화사, 一九九四

한스 요하임 그립, 노선정 옮김, 《읽기와 지식의 감추어진 역사》, 이른아침, 二〇〇六

活著的圖書館

作　　者　金李璟（김이경）
譯　　者　簡郁璇
編　　輯　龐君豪
封面設計　郭彥宏
排　　版　曾美華

發 行 人　曾大福
出版發行　暖暖書屋文化事業股份有限公司
地　　址　台北市大安區青田街5巷13號
電　　話　886-2-2391-6380　傳真 886-2-2391-1186
出版日期　2019年06月（初版一刷）
定　　價　300元

總 經 銷　聯合發行股份有限公司
地　　址　231新北市新店區寶僑路235巷6弄6號2樓
　　　　　電話　02-2917-8022　傳真 02-2915-8614
印　　製　成陽印刷股份有限公司

國家圖書館出版品預行編目資料

活著的圖書館 / 金李璟著 ; 簡郁璇譯. -- 初版. -- 臺北市 : 暖暖書屋文化, 2019.06
　面；　公分
ISBN 978-986-97509-2-9(平裝)

862.57　　108006951

※The book is published with the support of the Literature Translation Institute of Korea (LTI Korea).